# 寻 觅
SEARCHING

北京联合出版公司  [埃及] 纳瓦勒·萨达维 著 | 蒋慧 译

## 图书在版编目（CIP）数据

寻觅 /（埃及）纳瓦勒·萨达维著；蒋慧译. -- 北京：北京联合出版公司，2024.3（2024.9重印）

（面纱下的女性）

ISBN 978-7-5596-7333-6

Ⅰ.①寻… Ⅱ.①纳… ②蒋… Ⅲ.①中篇小说—埃及—现代 Ⅳ.①I411.45

中国国家版本馆CIP数据核字(2023)第253704号

God Dies by the Nile and Other Novels by Nawal El Saadawi
Copyright © 1974, 1985, 2007, 2015 by Nawal El Saadawi
This edition arranged with Red Rock Literary Agency, on behalf of Zed Books through Big Apple Agency, Labuan, Malaysia.
Simplified Chinese edition copyright © 2024 Ginkgo (Beijing) Book Co., Ltd.
All rights reserved.
本书中文简体版权归属于银杏树下（北京）图书有限责任公司
北京市版权局著作权合同登记　图字：01-2023-5445

## 寻　觅

著　　者：[埃及] 纳瓦勒·萨达维　　译　者：蒋　慧
出 品 人：赵红仕　　　　　　　　　　选题策划：后浪出版公司
出版统筹：吴兴元　　　　　　　　　　编辑统筹：周　茜
责任编辑：龚　将　　　　　　　　　　特约编辑：袁艺舒
营销推广：ONEBOOK　　　　　　　　装帧制造：墨白空间
排　　版：龚毅骏

北京联合出版公司出版
（北京市西城区德外大街83号楼9层　100088）
北京盛通印刷股份有限公司印刷　新华书店经销
字数291千字　787毫米×1092毫米　1/32　20.875印张
2024年3月第1版　2024年9月第3次印刷
ISBN 978-7-5596-7333-6
定价：158.00元（全四册）

后浪出版咨询(北京)有限责任公司版权所有，侵权必究
投诉信箱：editor@hinabook.com　fawu@hinabook.com
未经书面许可，不得以任何方式转载、复制、翻印本书部分或全部内容
本书若有印、装质量问题，请与本公司联系调换，电话010-64072833

# 英译本序

原始。阿拉伯世界关于性别、女性主义、社会变革的作品越来越多，若把这些作品比作一个身体，重读《寻觅》就像由内而外地观察这个身体，看到它的原始状态。个体与政治，身体与思想，永远处于紧张的冲突与交流之中。纳瓦勒·萨达维的写作感情充沛且卓有成效。感情充沛是因为，我们作为敏锐的读者，无法草下论断，不动于衷。卓有成效是在于，作者特意没有交代历史背景，从而防止文本被定位于特定的时空，小说中的事件不会被落到实处，从而回避了切实的发问。

《寻觅》讲述的是年轻女性芙阿达的故事，爱人的消失引发了她对自己各种身份的激烈反思——女儿、职员、爱人、人类。她漫步在开罗街头，企图找到一丝迹象，来证明自己的生活有意义、有价值，证明自由是人类的特质，也是高尚的品质，但此时，一切身份都遭到了强烈的质疑。

开罗本身也成了小说中的一个角色——芙阿达穿过街道、广场、餐馆,看向高楼与风景。她想知道,置身其中的自己是什么角色。萨达维将我们从这些全景式的大场景拉进芙阿达的身体,在那里,感觉与思想交织,身体挣扎着找寻自身的重要性。一切像拍电影似的,但又真实可信。纳瓦勒·萨达维是一位著名的女权主义运动家,也是一位著名的医师,她的创作从未远离对身体的关注。在萨达维眼中,疼痛与苦难首先会使身体受限,让它无法继续维持机能的秩序以及做出合理判断。我们第一次与芙阿达相遇时,她在费力地检查自己的觉知,她看着镜子里自己的脸,想知道这张脸呈现了怎样的情绪状态。小说中有大量外内切换的场景,外部是建构的现实和秩序,内部是身体不知对外部世界作何反应的苦恼困惑。

萨达维从不浪费过多时间在作品中交代故事背景,或介绍故事情节和主人公。她叙述清晰,开门见山,直击问题的核心(比如《零点女人》《一个身体里的两个女人》和《女医生回忆录》)。尽管人们经常认为,萨达维的现实主义缺乏美,但我发觉萨达维招牌式的现实主义本身就是对美的一种追寻，一种探究：怎样的美学才适合她笔下的艰辛环境。她在外部世界与内心世界的灵巧切换就是美学，这个美学关乎空间，也关乎如何感知空间，关乎外部世界与身体自知能力的相互影响。以这个场景为例：

> 无数人之一，挤在大街上、公交车上、汽车里、房子里的身体之一。她是谁？芙阿达·卡里尔·萨利姆，出生于上埃及，身份证号码是3125098。如果她滚到公交车的车轮下，这个世界会有什么变化？什么也不会有。生活照常进行，对一切漠不关心。……她惊讶地环顾四周？但为什么要惊讶呢？她的确是无数人之一……这有什么好震惊的？可她依然为之惊讶，为之愕然，她断断不敢相信，也无法接受。

这里，作者要求芙阿达，以及读者，跃过周围包罗万象的冷酷现实，转而凝视追求个人存在感的大脑，发现其中的复杂性。这是小说中贯穿始终的主题。芙阿达好奇地看着自己在化学实验室广告牌上的名字，战栗起来,"仿佛读到了自己的死讯"。芙阿达在被自己称为"沮丧"的状态里越陷越深,体验到了与现实世界的脱节。标题中的"寻觅"一词,暗示着对言语的寻觅,尚不存在一个词语能够概括或描述故事中各种未能满足的欲望。或是暗示,萨达维力求揭露权力体系,这个体系阻挠甚至禁止了芙阿达的想象——对她所寻觅的澎湃着公平正义的世界的想象。小说中的其他角色——部长、房东、母亲、缺席的爱人——虽然并非总是浓墨重彩地登场,但显然是为了有力地说明意识形态发挥作用的方式。所有的角色都是意识形态的产物,这些意识形态塑造了他们,也被他们创造和滋养。每个人都是某种社会体系的受害者和受益者,没有什么是黑白分明的,因为权力运作的方式并非永远黑白分明。芙阿达通过自我反思,思考着这些问题:

她突然停下来问道:什么是感觉?她能摸到它们吗?她能看到它们吗?她能闻到它们吗?她能把它们放进试管化验吗?……她茫然地环顾四周。感觉是真的还是假的?为什么她直视法里德的眼睛时会觉得他很熟悉,而她看向萨迪的眼睛时会觉得他是个贼?那是幻觉,还是认知?是眼神经的随机运动,还是脑细胞的清醒运作?她要怎么区分两者?

萨达维敏于放大个体的复杂性,从而避免了阴暗社会与受害主人公之间的简单联系。在这里,认识本身也需要审视。如何识别认识及其运作方式?这在于我们自己,在于我们的欲望和需求。而意识形态如何汲取力量?这取决于他人的需求和欲望。欲望之间的差异和意识形态背后的权力激化了矛盾,令社会公义的定义变得更加复杂。芙阿达的母亲有未竟的梦想,想剥削芙阿达的萨迪部长有已经破碎的梦想,芙阿达的欲望与他人无法调和,包括她的爱人——他将政治和对社会公义的另一种追求放在第一位。束缚体现在方方面面——性别、性、贫穷、政治信仰。拥护腐败、囚禁不同声音、对践踏人类尊严的可耻行为视而不见,我无意忽视萨达维写作的这般政治背景,不过萨达维的小说没有局限于此。相反,通过梦一般的内心独白、脱节的想法、不完整的对话，萨达维的叙述有力地呈现了一场寻觅——寻觅着一个不囿于特定语境的声音。

人们很容易将每个角色归为一种意识形态，也许是马克思主义者、新式资本家、传统主义者，或是其他，但这有违萨达维的书写：每个角色既可能走向这些意识形态，也可能背离。芙阿达围着这些意识形态打转，就像一个迷失的灵魂在寻找自己的路。在很多方面，这部小说对读者来说仍有现实意义，它试图传递挫折与失望，试图破除知识永远是力量的幻象。芙阿达，满怀洞见与知识，却屈服于自己最讨厌的男人。她没法发出表达困惑与欲望的声音，只得梦游一般走入萨迪的怀抱。然而，这部小说热切地提醒我们注意那些寻觅自我定位和自我价值的时刻，即便这些时刻也许什么都没留下。

《寻觅》似乎是在寻觅一例典型，以此来理解个体在世界上的位置及社会公义和社会平等的界定方式与实现方式。是的，这本书与压迫有关，但压迫以多种形式出现——经济、性别、性。这部小说中的每个人都有故事，一段关于恐惧、理想、失望的故事。通过芙阿达的故事，萨达维让我们切身地体会到女性叙述中经常出现的那种有形的恐惧。最终,这种有形的恐惧因芙阿达社会身份的不确定性和她的困惑而滋长,她在世界上的位置不明,她试图在此安身的努力也前途未卜。萨达维的文字突出了寻觅的暧昧属性——它缺乏必要的工具,目标无从设想,因此是一场不知何时才能达成的寻觅。

我曾在别处讨论过探讨文本普世价值的必要性。在《寻觅》中,萨达维似乎通过无可争辩的科学语言——化学,做到了这一点。同时,她扩大了科学的效用,使它变成了能够衡量人生哲学和社会哲学的工具。在《男人、女人和神——纳瓦勒·萨达维和阿拉伯女性主义诗学》一书中,费德瓦·马尔蒂-道格拉斯认为,医生与作家的双重身份以及对"性别天生不平等"这一言论的抗议造就了萨达维的影响力。尽管萨达维自己就是医生,但是她"消减了医药科学的部分魔力"。马尔蒂-道格拉斯认为,医学对萨达维来说,成了"(消极)社会力量的集中地"。但我认为,在《寻觅》中,萨达维对于科学的确定性表达了一种不确定的态度,而并未持否定立场,芙阿达对科学的热爱也代表了对自由与创造力的热爱。在这部小说中最令人心酸的时刻之一:

她打量着天地间的一切。最初她想要什么？什么也没想，没想成功，没想出名。她只是觉得，只是觉得自己内心深处有种别人没有的东西。她不希望自己的生死对世界无足轻重。她感到自己脑中有种东西，有种独特的构想，可要怎么实现它呢？

芙阿达关注的是"如何"——如何表达欲望和创造力。用什么语言？在怎样的社会环境之中？她作为女性的力量与弱点是什么？她是怎么表现的？尊重与尊严的意义是什么？这都是芙阿达找不到答案的问题。在某种程度上，这部小说通过对痛苦与失去、困惑与骚动的残酷描写，鼓励人们走上这条充满荆棘与险阻的路。它也将寻觅变成了一种诗意的努力——在追问答案的同时，也重新诠释了问题。

阿纳斯塔西娅·瓦拉索普洛斯[1]

曼彻斯特大学

---

[1] 阿纳斯塔西娅·瓦拉索普洛斯（Anastasia Valassopoulos），任教于曼彻斯特大学，研究方向主要有后殖民主义文学、女性主义文学、阿拉伯文化等。——编者注。若无特别说明，本书注释均为译注。

# 1

那天早上她一睁开眼睛,便觉得血管中蠕动着一阵奇怪的沮丧。她心中似乎涌入了蜇人的蚂蚁,每当打喷嚏、咳嗽或深呼吸,它们就像血块似的凝在一起,随着胸脯的起伏,摩擦着她的心房。

她揉揉眼睛,不明白这种沮丧从何而来。阳光明媚如常,耀眼的光线穿过窗玻璃,落在衣柜的镜子上,在白墙上折射出一道红色的光焰。尤加利的叶子如鱼群般闪烁颤动,衣柜、衣帽架、床边柜——每样东西都待在原来的位置上。

她掀开被子,跳了起来,径直走向镜子。为什么一起床就照镜子?她不知道,只是想确认一下,自己睡着时没有不幸发生……黑瞳仁上没有爬上白斑,鼻尖上也没有出现斑点。镜子里的脸一如往常:棕色的皮肤,像加奶的可可;宽宽的眉毛,上面垂着一绺黑色卷发;绿色的眼睛，里面各有一颗小小的黑色瞳孔；长而直的鼻子，以及一张嘴。

她立刻把目光从嘴巴上移开了。她讨厌它，就是这张嘴毁掉了脸形，它总是不由自主地留下一条丑陋的缝隙，仿佛她的嘴唇应该大一点，或者颌骨应该小一些，不管怎样，她的嘴唇总是难以合上，永恒的缝隙间露出了白色的龅牙。

她噘着合上嘴，开始看自己的眼睛，每当她试图忽视自己的嘴巴，就会这么做。她眼里有某种特别的光晕，某种令她特立于其他女人的光晕，法里德曾这样说过。

法里德的名字在心头回响。睡意全无，她清楚地忆起了前夜的事，便明白了压在心头的沮丧是怎么回事：法里德昨夜没有赴约。

她从镜子前离开，一下子看到了床头的电话。她犹豫了一会儿，然后走到床边，坐下来，牢牢地盯着电话。她将一只手指伸进拨盘，想拨那五个数字，却又抽回了手，搁在床边。昨夜他爽约了，也没有道歉，怎么还能给他打电话？他是故意的吗？他是不想见她吗？他不爱她了吗？一切都事出有因或莫名其妙地结束了吗？既然结束了，知道原因又能怎样？而且，她能知道原因吗？她甚至不知道这段感情是怎么开始的。他曾说过，他从她的眼里看到了某种光晕，某种他从未在别的女人眼里见过的光晕，这令她与众不同。

她站起来，再次走到镜子前，看着自己的眼睛，仔细地打量它们，想从中找到那光晕，她看到两片宽宽的白色椭圆形上漂浮着两只绿色圆盘，正中央是小小的黑色瞳孔。一双跟别人无异的眼睛，就像母牛或待宰的兔子的眼睛。

法里德说的那双眼睛在哪里？她看到的是谁的眼睛？他看到她的瞳孔从绿色的圆盘间闪耀出神采和光明。现在这些都消失了吗？怎么会消失？她不记得曾在瞳孔间看到过这光明，也不记得它何时消失。也许这光来自其他地方？鼻子，或是嘴？不，绝不可能是嘴，那张漏着缝的嘴……

眼里什么都没有。她没能从里面找到任何东西。法里德撒了谎。为什么？他跟别人一样撒了谎。这有什么奇怪的？可法里德不是别人，他不一样，他跟别人不一样。怎么不一样？她也说不清楚。不过他的眼睛跟别人不一样,那是她从未在别处见过的眼睛,他棕色的眼眸闪烁着什么,鲜明、生机。那是什么?她不记得了,也不知道,但她见过,是的,她见过。

她指着镜子里自己的眼睛。她忽然回过神来,看看时钟。八点了。她赶忙从镜子前转过身,是时候去部里了。

她又在衣柜前停了下来,因为"部"这个字像罪恶的碎片,跟随空气一起钻进了她的鼻腔。她尝试打喷嚏,想将它打出来,可空气随着呼吸,将它推进她的胸腔,塞进了肋骨下方的三角区,试图钻进胃壁。

她知道,它会在那里驻扎下来,在那个丰饶的地方大吃大喝,不断膨胀,将自己的尖角刺进胃里。胃也常常想将它挤出去,想通过绷紧与舒展,将里面的一切赶出去。然而它还在那里,像针尖一样深深刺进胃壁,像绦虫一样紧紧附在上面。

她跑进卫生间,感到肋下一阵钝痛。她想呕吐,却吐不出来。她把头靠在墙上。她病了,真的病了,不是装的。她没法去部里。

她纤瘦的身体振作起来,回到床边,上床,盖好被子。她本想闭上眼睛睡觉，突然想起得给部门领导打电话请假。

她拉过电话，拎起听筒，又立刻放下，记起自己已经用掉了所有的病假。什么病都不能用作请假理由了，甚至死亡也没法给她一个假期。她可能得声称家人一个接一个地死去，只剩自己还活着。她才三十岁，部门领导可不会相信她会死。

她再次拖着疲惫的身体，捂着肚子，从床上爬起来。经过镜子前，她扫了一眼，然后开始穿衣服。她走到门口，打开房门，听见母亲微弱的声音从厨房传来：

"不喝点茶吗？"

"没时间了。"

她关上身后的门，走了出去。在拥挤的街道上，她的眼睛不停转动，却什么也看不见。她本可能撞上某个人或一堵墙，但双脚熟练地自行移动，在人行道上上上下下，避开路面的凹陷，绕过一堆砖头，像长了眼睛似的。

这双脚走到了公交车站。拥挤的人群推搡着她，有人踩到了她的脚，差点将它踩碎，但她只感到鞋面一沉。

身体的震颤与奇怪的味道令她发觉，自己已经上了车。她不知道那种味道究竟是什么，它太奇怪了，多味混杂，不知从何而来，不像是裸露的腋窝，不像是张开的口腔，也不像是挂在油腻头发上的头皮屑。

一个尖锐的东西压在了她的肩上。她早就感觉到了，却没在意，因为浑身都受到外力的挤压，为何要特别在意肩膀？咄咄逼人的声音像钉子似的敲进她的耳膜："票！"口水喷到了她的脸上。她颤抖着手指，打开背包，那人对她怒目而视，像抓住小偷的警察，念叨着"责任""良心"之类的词语。

她一阵脸红，倒不是因为那两个词——脱离了语境的词语毫无意义，只是所有人的目光都落在她身上，眼神奇怪，仿佛他们也受到了指责。然而正是因为他们知道自己不会受到惩罚，才对这个受罚的人满怀隐秘的恨意。

她就这样站在那里，只要她一直这么站下去，指责就不会停。男人的目光剜着她的身体，跟他们霸占妓女的身体时一样。有什么东西在推她。她缩进外套，把头埋进宽宽的衣领。她被拥向车门的人群裹挟着，双脚几乎没法触到地面。一瞬间，她受到一阵疯狂的挤压，像叶子或蝴蝶被夹在了书页之间。突然，压力消失了，她的身体像羽毛一样飞了出去，落在岩石般的地面上。

她站起来，掸掉外套上的灰尘。她环顾四周，惊喜地发现自己来到了一个陌生的地方，仿佛被抛到空中时，已被传送到了另一个世界。但她的喜悦转瞬即逝，因为几步之外便是那排生锈的铁栏杆。顽固的倒钩在胃壁中拧转。她张开嘴，想把它吐出来，却只吐出一阵灼热的空气。一小颗泪珠凝在右眼眼角，如沙粒般挂在那里。

她抬起头，透过铁栅栏，看到黑色大楼的外立面上遍布黄斑。她几乎能肯定，这座大楼就是让她想吐的原因，因为每次想起它，呕吐的感觉就会袭来，离它越近，感觉越是强烈，直到站在大楼面前，不适感达到了巅峰。

她在铁门前停下，环顾四周，不愿进去。如果她拖延上一会儿，谁知道会发生什么呢？也许就在此时，一颗炸弹会落在这栋讨厌的大楼上，或者有人会将没灭的烟头扔进档案库，又或者，部门领导胸腔里的那个破泵会出故障，让他心脏病发！

然而，时间过去了，什么都没有发生。她将一只脚跨进大门，另一只脚还停在街上。谁知道这个瞬间与下个瞬间之间会发生什么呢？很多事发生在眨眼间，上千人死去，上千人出生，火山喷发，地震摧毁城市，多到远远超出人们的想象，因为人们只能想象自己知道或理解的东西。火箭在眨眼间升空，一个满载核弹的火箭，谁知道这意味着什么？它要是从天上坠落，多少东西会被埋葬？人们是否知道，无数镶嵌在天空中的星星其实比地球还大，而且大很多；倘若掉下一颗，地球将会彻底毁灭。也许，唯独这座丑陋的大楼能逃过一劫？部里的领导会不会悬浮在空中，依然坐在办公椅上，舔着指尖仔细翻阅考勤登记表？这样的事真是不可思议。她笑了，自言自语道，是的，当然了，不可思议。但这笑容凝固了，她忽然清醒地发现，自己已经走进了政府大院。

　　她停住了，身形高挑，瞪着眼睛，满心慌张，仿佛双脚把她带来了一个雷区。接着她发觉院子里突然有了动静，一辆豪华轿车嗖地驶了进来，像在水中穿行，车身漆黑，内部通红。它像一头巨鲸，滑到白色大理石台阶前便停下了。每级台阶的两侧都站着一排雕像，每座雕像身上都穿着黄色的制服。

这些雕像为何会突然出现？也许它们一直在这里，只是她从没注意到。很多东西她都没有留心过，即便它们就在眼前，比如这些纯白的大理石台阶。

一座雕像离开了自己的位置，走向汽车，她惊讶地瞪大了眼睛。那个雕像并非真的在走路，而是像机器人似的，一步一颤。它伸出僵硬的长臂，折叠上身，打开车门……

她眨眨眼，想甩掉挂在右眼眼角的沙粒，沙粒却越陷越深。她极力瞪大充血的眼睛，想看看车里到底会出现什么。先是一个男人黑色的鞋尖，连着一条又瘦又短的裤腿；紧随其后的是尖尖的头顶，中央秃了一小块，像镜子似的反射着阳光；接着是灰色的宽肩，第二条纤瘦的短腿……这个身体逐节浮现，令她想起小时候见过的分娩场面。车还停在那里，黑色的弧形车顶映着入口处的白色大理石台阶。

她看到，那个身体费力地爬上台阶，每跨一步，都要停一下，像喘气似的缩一下脖子。大脑袋摇摇晃晃，仿佛就快掉下去了。

有时她觉得自己正用微缩镜观察这个身体，它像祖母讲过的大拇指汤姆[1]。有时候,比如现在,她会回过神来,认出这是生化部的副部长,而自己是这个部门的小职员。

宽敞的大堂将她吞没,车开走了,雕像放松下来。他们迈开灵活的双腿,到台阶旁的长凳上坐下。她经过时,他们茫然盯着她,嘴巴张到一半,眼睛眯了起来。一个雕像往嘴里塞了片面包,另一个雕像从长凳上拿起一碟黑豆。

她穿过露天的院子,走到黑色大楼的后面,那里跟任何事物的背面一样,更肮脏,更粗俗,更艰辛。她在一扇小木门前停下,木门上满是乌黑的印记,有指印和掌印,有支离破碎的字词,她看见"vot……",污渍盖住了后面的字母。

她走过阴暗逼仄的走廊,机械地爬上了楼梯。她的脚熟练地跃过缺失的台阶,身体避开栏杆上刺出的铁条。到了四楼,她便向右拐,穿过长长的走道。臊臭的尿味

---

[1] 大拇指汤姆(Tom Thumb),民间故事里的主人公,身体只有拇指大。

传来,她转头避开厕所,旁边便是她的办公室。

她走向自己的办公桌,坐了下来,打开抽屉,取出一小块布,拂去上面的灰尘,黑色的桌面显露出来。黑漆斑斑驳驳,透出发白的木头底色。她将那块布放回抽屉,抬头看见三张并排的桌子,它们挤在一起,上面伸出三颗干瘪的脑袋。

尿味还残留在她的鼻子里,现在又多了一种味道:密闭房间的陈腐气味。她起身开窗,这时一个嘶哑的声音说道:"外面很冷,别开窗。"那声音更像病兽的咕哝。

她回到座位,取出一个大文件夹,端详着厚厚的封皮。封皮上贴着白色的小标签,上面是她的笔迹:"生化研究"。笔触细腻优雅,墨迹清晰,她还记得自己用笔写下这几个字的情形。那支笔曾是新的,墨水瓶也是。她也记得墨水的味道。是的,尽管那已是六年之前,但她还记得自己写出这几个字时墨水的味道和手指的弧度。当时她刚签下同意书,接受了这份生化研究部的工作,她在正式文件上签字时,手指颤抖,这是她第一次在正式文件上写下自己的名字,她的签名第一次具有法律意义。

她翻开文件夹的封面，黄色的纸背露了出来，文件夹中间嵌着一块窄窄的金属条，里面夹了一张白纸，上面一行字也没有。她合上文件夹，将它放回抽屉，然后抬起头，想看看天空，目光却被天花板挡住了。她站起来，走到窗边，透过脏兮兮的玻璃看向天空。

天空的某种特质安慰了她，也许是它无限的宽广，也许是它深沉的蓝色。也许是因为天空让她想起了法里德。

她不知道自己为什么会把天空和法里德联系在一起，但她知道两者之间有某种联系。也许是因为法里德在的时候，天空也一直在那里。也许是因为他不在的时候，天空依然在那里。昨夜法里德没来。这是他第一次爽约，既没有打电话给她，也没有道歉。出什么事了？

天空安静沉默，似乎与他串通一气。白云依然飘浮不定，树梢在远处的黑色建筑上方升起。

法里德缺席一定事出有因。生活中发生的一切都事出有因。也许一开始显得莫名其妙，但原因迟早会显露出来。可是，是什么原因呢？他出车祸了吗？生病了吗？或者，哪位亲友去世了？又或者，因为什么别的事？她轻轻敲着窗户，是的，也许是因为什么别的事——某件法里德想要隐瞒的事。他常会隐瞒一些事，他会把文件藏进抽屉，讲电话时有时还会关上门。

这样的行为稀松平常，不足为奇。每个人都有秘密。旧日的情书、未付的账单、乡下的地契、母亲穿着长袍和木鞋的照片，或是戴着塔布什帽[1]的儿时照片。是的，抽屉里总藏着一些东西，一些不常用的东西。将它们锁进书桌最底层的抽屉，无可厚非。可是关起门打长长的电话……这要怎么解释呢？

她轻轻跺了一下脚，鞋跟卡进了木板的缝隙。她想拽出鞋跟，鞋子却从脚上掉了下来，她只好弯下腰，用手拔出鞋跟，那三颗低着的脑袋只微微动了一下。她看看钟，才十点半——再过三个半小时，才能走出这个死气沉沉的地方。她在桌前坐了一会儿，再次抬头看钟，长长的指针根本没动。她把包夹在腋下，站起来，大步流星地走了出去。

---

1 塔布什帽（tarbush），穆斯林男子戴的一种无檐毡帽。

她在过道尽头停了一下，才走下楼梯。她本想去五楼，因早退向部门领导致歉，一只脚已经踏上楼梯，却又迅速地掉头走了下去，她耸耸肩，把头埋进外套的宽衣领。

很快她便将铁栅栏甩在身后，走到宽阔拥挤的街上，从外套领子里伸出脑袋。阳光照在背上，令人愉快，要是心情不这么沉重，她会更愉快一些。她看见有个女人坐在人行道上，伸出手掌，腿上坐着一个小孩。女人一动不动地坐着，沉默不语，整个身体都沐浴在阳光里。她不是从部里逃出来的，心中也没有沉重的忧愁。

她在拥挤的人群中瞥见一个很像自己的女子，那女子身材高挑，健步如飞，仿佛快跑起来了，却又不好意思这么做。她手里的包左右摇摆，那是一只医生、律师或公务员会用的黑色皮包，里面无疑装满重要文件。包的主人摆摆手，招来一辆出租车，跳上车消失了。她知道自己要去何处，动作轻快，活力四射。显然，她很忙，全神贯注，心无旁骛。她有一份重要的工作，也很喜欢这份工作，她很愉快，觉得自己很重要。是的，那个高挑的年轻女子很重要。

她抿紧嘴唇，用力咽了一下口水。那种重要的女子不会在街头漫无目的地闲逛。她嫉妒了。是的，嫉妒这个词可以用来形容她此刻的感受。她不确定这个词是什么意思，但她继承了这个特质，就像继承了鼻子、手臂、眼睛一样。她知道嫉妒是一种对外行为，她没法嫉妒自己，必须嫉妒另一个人，一个拥有令人嫉妒的重要特质的人。

她把手伸进外套的口袋，把玩着丝质内衬上的小洞，仿佛想在自己身上找到什么重要的东西，却突然发觉自己身上毫无重要之处。这其实也算不上一个新发现，这种感觉并非突如其来，而是潜伏已久，也许从她毕业就开始了，也许从她在部里工作开始，也许是从昨天看到餐馆空空荡荡的桌子时开始，又或者从今早下车前双腿之间挤进那个凸起的东西时开始。

她咽下苦涩的唾沫，动了动干燥的舌头，差点念出声来："是的，我无足轻重。"她本想重复一遍"是的，我无足轻重"，却抿紧了嘴唇，话闷在口中，如酸液一样灼热。

她抬起头，扫视天空，仿佛在寻觅什么东西。是的，她在寻觅着什么。她想起了母亲的话:"愿主赐予你成功,芙阿达,我的女儿,愿你在化学领域有重大发现。"她看到蓝天坑坑洼洼,白云漫不经心地飘在上面。她低下头,小声说:"你的期望落空了,妈妈,你的祈祷在寂静的天空里化为了泡影。"

她咬住嘴唇。"在化学领域有重大发现!"她的母亲了解化学吗?了解发现吗?芙阿达是她唯一的女儿,她将自己破灭的理想都倾注在女儿身上,她不考虑结婚的事,不像这个时代的其他母亲。她的理想与普通女性的理想不一样。她结婚前上过学,读了一些关于受教育女性大获成功的故事或小说,可能是居里夫人或其他显赫女性的故事。然而有天早晨,她睁开双眼,发现自己前夜挂好的书包不见了,父亲粗暴地对她说:"以后不准去学校了。"她哭着跑向母亲,想知道原因。而原因就是,婚姻。这足够令她自第一次见面就恨上了自己的丈夫,直到他死,都是如此。丈夫死时,芙阿达才上中学,母亲在镜子前一边梳着她柔软的黑发,一边看着她窈窕的身姿,对她说道:

"你的未来全靠学习,我的女儿,靠男人是没用的。"

母亲希望芙阿达能进医学院，可她中学毕业时成绩太差了。

也许她没有好好学习，也许她在历史课上总是坐在窗边，目光落在那棵开满大红花的树上，它就像一条缀满紫铜粉末的大头巾。她在历史课上发觉自己喜欢紫铜粉末的颜色，喜欢化学，但是讨厌历史。她从来记不住统治过埃及的君主，也不明白为什么活着的人要把那么多时间浪费在死去的人身上。她的父亲就死了，他死的时候，她大概有点开心，尽管没有什么特别的原因。父亲对她的生活来说，也没有什么特别的。他只是一个父亲，但她有点开心，因为她感到自己的母亲有点开心。过了几天，她听到母亲说，父亲没什么用。她完全相信母亲的话。父亲有什么用呢？

她只有礼拜五晚上能见到父亲。通常他在她睡着后才回家，在她醒来前就离开了。家里一贯安静整洁，除了礼拜五。父亲洗澡时会弄湿浴室的地面，离开浴室后会踩湿地板，脏衣服扔得到处都是，不时粗暴地大声说话，老是咳嗽和吐痰，还大声擤鼻涕。他的手帕很大，总是脏兮兮的。母亲把它扔进沸水里，告诉她："这是为了杀死细菌。"那个时候，芙阿达还不知道什么是"细菌"，不过她曾经听生物老师在课堂上提到，细菌很小，而且有害。有天，老师问班里的同学："孩子们，哪里会有细菌啊？"班里一片沉默，没有一个女孩举手，但芙阿达自信又骄傲地举起了手。老师面带微笑地看着她，温柔地鼓励道："你知道哪里会有细菌吗，芙阿达？"芙阿达站起来，俯视着其他女孩，自信地大声说道："知道，老师。我爸爸的手帕上就有细菌。"

\* \* \*

芙阿达发觉自己已经到家了，正坐在卧室的床沿，盯着电话。她不知道自己是怎么回来的，或者说，不知道自己的腿是如何载着自己上车下车，又如何载着自己从巴士站走回家，如何在不知不觉中自行做完了这一切。不过她没太在意，因为她觉得并非只有自己的腿有这本事，驴子的腿也能默默做到这些。

她伸手拿起电话，将一根手指插进拨盘，拨了五个熟悉的数字。她听到电话的铃音响起，便靠着床背，打起腹稿，准备好好责怪他一番。然而铃音持续不停。她看了看钟。正午时分。法里德下午一两点才会出门。他是在床上看书吗？卧室与电话所在的书房之间，有一条长长的走道。他是不是在浴室，关着门就没法听到电话铃声？她抬头看窗，尤加利的枝条在窗户上嬉戏。树也会嬉戏。听筒还按在耳朵上，铃音依旧响亮。她突然想起了什么，便放下听筒，过了一会儿才拎起它，仔细地重新拨起那串数字，确保自己的手指拨到了正确的位置。五个数字拨完，铃音立刻响起，像导弹似的。她把听筒贴在耳朵上，过了好长时间，长到足够让一个人走出浴室，或者从睡梦中醒来。她又闪过一个念头，再次放下听筒，过了一会儿，她拎起听筒，打给了接线员。她问："电话出故障了吗？"片刻后，一个温柔的声音答道：

"电话没问题。正在为您接通。"

铃音再一次灌进她的耳朵，尖锐，响亮，持续不断。她挂上电话，脑袋靠在枕头上，看着窗外。

之前她从未思考过与法里德的关系，只是维系着它。两者无法同时进行——要么维系它，要么思考它。法里德总是很忙，长时间忙着自己的书和文件，不是在写，就是在读，然后全部小心地放进抽屉锁好。他每晚都出门，深夜才回家。有些晚上，他直接在外面过夜。她从没问过他要去哪里，不想扮演好打听的妻子的角色，甚至根本不想扮演妻子的角色。她珍视自己的自由、自己的房间、自己的床、自己的秘密、自己的错误——其实也不是真正的错误。有时候她喜欢玩消失，法里德不知道她去了哪里。她喜欢听别的男人说倾慕的话，这令她愉快，但不惊讶，因为她确信自己身上有值得倾慕的地方。然而，法里德才是她生活的重心。她像吞下一剂苦药般度过其他的日子，然后礼拜二就来了，带着它奇妙的光彩。因为礼拜二是她与法里德见面的日子。每个礼拜二的晚上八点，若天气暖和就去那个小餐馆，寒冷的冬夜就在他家度过。他们一起度过了几个冬天？她记不清楚，只知道自己认识法里德好长时间了，可能已经很久了。

多少个冬天过去了，多少个礼拜二过去了！每个礼拜二，法里德都会等她，从未说谎。即使他在某些事情上对她有所隐瞒，但也从未说谎，甚至有次不知怎么的提起婚姻时也是这样。他用那闪闪发光的棕色眼睛看着她，说："我永远也不会结婚。"如果其他男人对她说这样的话，她也许会怀疑对方，也许会觉得这是一种侮辱。但法里德不一样，跟他有关的一切都不一样。字句会丧失为人熟知的本意，事物的名称可能会突然变得毫无意义。例如"尊严"这个词。"尊严"是什么意思？保护某个人的自尊？对谁？对其他人吗？是的，必须要有其他人在场，自尊才需要得到保护。

然而在她和法里德之间，不存在"其他人"，也不存在对立的"她自己"或"他自己"。他们在恋爱中共享一切事物，包括自己——她成了他，他也成了她。他保护她的权益，她也是。他们之间产生了某种奇怪而非凡的东西，它来得毫不费力、自然而然——跟呼吸一样自然。

她听见母亲拖着脚步从客厅走向自己的房门，便立刻起了床，在房间里走来走去。她不希望母亲进来，看到自己沮丧地看着天空，像个病人似的。母亲包着白色的头巾，穿着长袍，站在门外，用嘶哑微弱的声音问道：

"我看你穿着出门的衣服，你要出去吗？"

"是的。"

"午餐怎么办？"母亲问。

芙阿达拿起手提包，边往外走边说：

"我不饿。"

芙阿达不知道自己为什么要出门。她只是不想待在家里，想出门走走，看看周围移动着的一切，听听响亮的喧哗，好盖住没完没了地灌入耳中的电话铃音。她离开大街，向右转，沿着石墙走到花园。白茉莉在明媚的阳光下闪闪发光，像银子做的。跟往常一样，她摘了一朵，在指尖捻碎，嗅它的香气。心头的沉重松快了些。茉莉的香气令她想起与法里德的相遇，想起他落在自己脖子上的吻。然而，此刻茉莉的浓香仿佛是法里德离去的缩影，惆怅与现实混合成奇怪的感觉，在她内心深处搅动，就像一个幻影、一场梦，醒来时一切都结束了。

她任由捻碎的茉莉从指间滑落，然后沿着窄街走上尼罗河大街。她突然意识到自己出门并非无缘无故，也不是只想散心，而是有一个明确的目的。走了几步，她就到了小餐馆门口。

她犹豫了一下便进去了，穿过两侧栽着树木的长廊。她的心怦怦直跳，想象着长廊尽头，法里德坐在那张铺着白布的桌前，背对着她，面朝尼罗河，肩膀微微前倾，黑发浓密地落在红红的耳朵上，修长的手指在桌上揉一团废纸，或翻着那本总随身携带的笔记本，或是在做别的事，总之不会停下来不动。

是的，她会看到，他就那样坐着。她会蹑手蹑脚地走到他身后，环住他的头，蒙住他的眼睛。他会大笑着抓住她的手，亲吻每一根手指。

到了走廊尽头，她的心开始狂跳。她转头看左边的桌子，却感到心脏刺痛。桌子是空的，完全裸露着，没有铺白布。她上前触摸它，仿佛想找到法里德落下的东西，例如他留给她的纸条，可她的手指只触到了光滑的木头，风从四面八方吹向它，就像吹着一截老树干。

服务员笑着走来，看到她的神情，便低下了头。她朝走廊走去，却又回头看了一眼那张桌子。它依然空着。她冲上走廊，迅速地离开了餐馆。

她发现自己走到了道奇路。见一辆公交车正要开走，她就跳了上去，并不知道它会驶向何方。她一只脚踏上了车，另一只脚还悬在空中。很多只手臂伸向她，想拉她上车，她终于将自己的脚挤上了台阶。修长有力的手臂环住她，以防她跌倒，她发现自己已经跟其他人一起挤在公交车上。

　　无数人之一，挤在大街上、公交车上、汽车里、房子里的身体之一。她是谁？芙阿达·卡里尔·萨利姆，出生于上埃及，身份证号码是3125098。如果她滚到公交车的车轮下，这个世界会有什么变化？什么也不会有。生活照常进行，对一切漠不关心。也许母亲会在报纸上刊登讣告，可是报纸上的一则消息有什么用？它能改变什么呢？

　　她惊讶地环顾四周。但为什么要惊讶呢？她的确是无数人之一，挤在大街上、公交车上、汽车里、房子里的身体之一，若是她滚到公交车轮下，被碾死了，她的死亡也不会给这个世界带来任何变化。这有什么好震惊的？可她依然为之惊讶，为之愕然，她断断不敢相信，也无法接受。

　　因为她不仅仅是无数人之一。她内心深处有种声音，令她确信自己不只是无数人之一，不只是一具可以移动的肉体。她没法接受自己的生死对这个世界无关紧要。是的，她内心深处有某种声音，令她能够确定这一点。这种声音不光在她内心深处隐蔽，也在她母亲心里、化学老师心里，以及法里德心里。

她听到母亲的声音："你会跟居里夫人一样伟大。"听到化学老师的声音："芙阿达和其他女孩不一样。"还有法里德在她耳边低语的声音："你身上有种特质，别的女人没有。"

可这些声音、这些话，有什么用呢？它们曾经响起过一两次，声波振动，然后就结束。母亲在她小时候说过，那是很久之前了。化学老师在她上中学的时候说过，也是好多年之前了。还有法里德，是的，法里德也这么说过，可是法里德的声音消失了，连同他自己一起消失了，仿佛从来没有存在过。

有个胖女人踩到了她的脚。售票员拍了拍她的肩膀，叫她买票。一只大手从后面伸过来，贴着她的大腿。是的，这个拥挤世界里的肉体之一，在空气中散发着汗味。无数人，无数人，无数人中的一个。她不知不觉念出声来："无数人，无数人！"那个胖女人用奶牛般的大眼瞪了她一下，呼吸中的洋葱味直喷在她脸上，她转过脸去。透过车窗，她看到解放广场，便全力挤出了公交车。

\* \* \*

她站在巨大的广场上，环顾四周的高楼，它们的外立面上用粗体字印着医生、律师、会计、裁缝、按摩师的姓名。有一块广告牌特别引起了她的注意："阿卜杜勒·萨米化验室"。突然，一个念头像探照灯一样在她脑中被点亮。它从来都在，一动不动地藏在纷纷的思绪之下，它从来都在，她知道。

现在它开始移动了，从阴暗的角落走到灯光之下。芙阿达能看到，是的，大楼的外立面上用清晰的粗体字写着："芙阿达化验室"。

这是一个早已根深蒂固的念头。她不知道它出现了多久，因为她只记日期，不擅长计算时间。时间可以得飞快，非常快，跟地球自转一样快。有时她几乎觉得时间完全静止，有时候又觉得时间在缓慢地、非常缓慢地流逝，地球剧烈颤动，仿佛地心深处有火山爆发。

这个念头由来已久。上学时，有次在化学课上她就起了这样的念头。不是很清晰，但它从迷雾中浮了出来。她被试管里奇怪的化学反应迷住了，颜色突然出现又突然消失，蒸气发出奇怪的味道，试管底部有不同的沉积物，两种物质发生化学反应产生了一种新的物质，它有了新的特性，新的形式，新的颜色。化学课结束了，她留在实验室，混合着不同的物质，愉快地观察它们的反应，嗅着试管口冒出的新气体，然后高兴地大喊："一种新气体！我发现了！"

实验室助理瘦削的身体子弹一样冲过来，像易燃气体一样爆炸了，冲着她大喊："滚出去！"他从她手里夺过试管，将她的发现扔进水池，一边咒骂着在这个讨厌的女子学校当实验室助理的日子。他若是完成了学业，可能已经在理学院当助理了。见他把自己那份独一无二的实验扔进了下水道，她气愤地大喊："我的发现没了！"她看到了他轻蔑的神情，便转身跑出了实验室。她常常想起他那鄙夷的目光，有好长时间都不想去实验室，这可能就是后来她不再追求新发现的原因。不过她依然迷恋着化学课和化学老师。

化学老师跟她一样又瘦又高，眼睛永远在微笑，眼神深沉而自信。对她来说，这个眼神似乎只为自己而存在，不向班里的其他女孩展露。为什么？她也不清楚。

她无法证实，但是她能感觉到，强烈地感觉到。尤其是化学老师在校园里遇到她，看着她微笑时。她不会冲其他女孩微笑。是的，她不是对每个人都笑。督学来视察的那天是历史性的一天，老师问了一个问题，其他人都不知道答案，只有芙阿达能回答。那天她听到老师在全班同学和督学面前说道："芙阿达和其他女孩不一样。"这就是原话，一个字不多，一个字不少。这句话里的每个字，连同老师说话时的语气、停顿、语调、标点，都深深印在了她的脑子里，尤其深刻的是"不一样"这个词，"不"字读得很重……

是的，芙阿达热爱化学，不是像喜欢地理、几何、代数那样，而是异乎寻常地热爱。她坐在化学课堂上，脑袋十分敏捷，就像磁铁一样，周围的一切都被她吸住了——老师的声音、话语、眼神，粉末状的物质可能会穿过空气，金属碎片可能会散落在桌子上，蒸气与气体的微粒可能在房间里穿行。每颗微粒、每次震颤、每个动作，一切的一切，她的脑子都会记住，就像磁铁吸住了金属。

因此，她的大脑不可避免地习惯了化学思维，从周围的一切事物上提炼出化学的形态与性质。有天她觉得历史老师是紫铜做的，美术老师是白垩做的，女校长是锰做的，阿拉伯语老师呼出的气是硫化氢，卫生老师的声音听起来像锡片在相互碰撞——这也没什么稀奇的。

全体教师，男人女人，全都被赋予了矿物属性，除了一个人——化学老师。她的声音、眼睛、头发、肩膀、手臂、双腿，她的一切都属于活生生的人，她移动着，像心脏动脉一样跳动着。她是一个有血有肉的活人，无法跟矿物产生联系。

不过她最非凡的特质是声音。她的声音听起来像橙花或未被触碰的茉莉一样香甜。芙阿达坐在化学课堂上，眼睛、耳朵、鼻孔、毛孔都为这香甜的声音打开，老师的话像纯净的暖流，灌进了这些孔洞。

一天，这个声音讲起了镭的发现。之前，它总是提起那些发现新事物的著名男性。她会边听边咬指甲，心里想着，如果自己是个男人，肯定也能做到这些。她隐约地觉得，这些发现者并不比自己出色，只不过他们是男人。是的，男人可以做女人没法做的事，只是因为他们是男人。男人不见得更有才能，可他们是男人，性别本身就是发现新事物的前提条件。

可是,现在有了一个发现新事物的女性,一个跟她一样的女性,她不是男人。她隐约觉得自己也能发现新事物,这种感觉越来越清晰,她越来越相信,这世上有什么正等着她去揭开面纱,某种已经存在的东西,就像声音,就像光,就像气体,就像蒸气,就像铀射线。是的,某种已经存在但只等她来发现的东西。

\* \* \*

芙阿达发现自己正躺在床上,盯着天花板上的一个小豁口,白色的油漆已经剥落,底下的水泥露了出来。她在解放广场周围的大街上走了太多路,双脚酸痛。她不知道自己到底去了哪些地方,不过自己似乎在寻找某样东西。也许她是在人群中寻找法里德的身影,因为她一直盯着男性的面孔,端详着过往轿车或出租车内路人的脸。也许她是想找一间空房子,因为她不时在新大楼前停下,困惑地看着门卫。

不过,现在她盯着天花板上的小豁口,什么也没想。

她听到母亲拖着步子走向自己的房间，便立刻拉上被子，闭起眼睛，假装睡着了。她听到母亲的喘息，知道母亲正站在门口看自己睡觉。芙阿达尽量一动不动，胸口规律地起伏着，保持深呼吸。接着，母亲的脚步从她门口移开了。她本可以睁开眼睛继续看天花板，可又觉得闭着眼睛很放松，便打算睡觉。然而，她突然想到一件事，就从床上跳了起来。她把自己裹进一件大外套，走到门口，却又犹豫了一下。她走到电话旁边，拨了五个熟悉的数字。电话铃音尖锐刺耳，持续不断。她放下听筒，匆匆走出家门。

她飞快地走着，双脚带她走过了一条街又一条街。她跳上一班熟悉的公交车，在那个过分熟悉的站台下了车，然后右转，进了一条小巷子。她知道路的尽头是一栋白色的三层小楼，门口有个小木门。

黑皮肤的门卫坐在楼梯入口处的长凳上，她刚想打听法里德的情况，就看到了门卫特有的好奇目光。他认识她，曾无数次看到她去楼上法里德的公寓，可每次他都会露出这种探寻的目光，仿佛不知道她与法里德之间的关系。她奔上楼梯，站在深棕色的木门前喘气。楼梯上方的厨房窗户开着。所以法里德在里面，他不像自己想的那样，出了意外，也没有被天空带走。她的心痛苦地跳动着，想在他看到自己之前赶紧离开。他故意没有赴约，不是偶然，他没给她打电话，也没有解释原因。她差点转身就走，突然看到吱吱作响的玻璃窗后没有灯光。整个公寓一片漆黑。也许他在卧室看书，卧室的灯光没照到厨房？

她按下门铃，听到尖锐的铃声在公寓里响起，便按住不放，铃声大作，在客厅里响个不停，可无人应门。她松开按门铃的手指，铃声停了。再一次，她按响门铃，尖锐响亮的铃声又在客厅响起，依旧无人应门。她把耳朵贴在门上，希望听到压低的呼吸或一声叹息，可她什么也没听到。突然，电话铃声从书房传来，她往后跳了一步，她现在站在门前，这不可能是自己打来的。电话铃声持续了一会儿，便停了。她又把耳朵贴在门上，没有听到任何表明屋内有活物的迹象。她听到了细鞋跟踩在楼梯上的嗒嗒声，便把耳朵从门上移开了，再次按起了门铃。她用余光看到一个胖女人在爬楼梯。她不停地按门铃，盯着前方，直到女人消失在楼梯拐角处。她又等了几分钟，细鞋跟的声音消失了，她也缓慢沉重地下了楼。

她漫无目的地走着，脑中思绪纷飞，几乎念念有词。法里德礼拜二没来见她，也没打电话给她，现在也不在家。他会在哪里呢？他肯定不在开罗，也不在附近的小镇。他一定在某个遥远的地方，一个没有电话也没有邮局的地方。为什么他要瞒着她离开？鉴于他们的关系，难道他没有义务告诉她吗？可是，什么样的关系才会让一个人有义务待另一个人不同于旁人？是什么让他有义务告诉她？是爱吗？

这个字如鲠在喉。爱。爱是什么意思。第一次听到这个字是什么时候？是从谁的口中？她记不清了，但这个字她大概已经听了一辈子。她经常听到这个字，因为经常听到，反而不了解了。就像自己的性器，她常在身上见到，也每天用肥皂和水擦洗，却不了解。是母亲促成了这样的局面。如果她一出生就没有母亲，也许能自然而然地了解每一件事。她年幼时曾听说自己是从母亲肚子下面的孔里生出来的，可能就是她每天撒尿的那个孔，或者旁边那个。然而，当她跟母亲讲起自己的发现时，母亲责备了她，说她是从耳朵里生出来的。因为这个解释，母亲扭曲了她的感受，好长时间她的直觉都备受压制。有一阵子，她试图在听觉与生育之间创造出一种联系，有时她会怀疑，虽然耳朵是用来听的，但对已婚女人来说，也许它也能用来撒尿。她不知道自己为什么总把生育和排泄联系在一起，而且老觉得这两者之间一定有某种关系。她继续寻找生育自己的那个小孔，以为也许会在历史课上、地理课上或卫生课上找到答案，可她从这些课上学到了很多知识，却唯独没有习得这一点。她上过关于鸡下蛋的课、关于鱼产卵的课，学过鳄鱼、蛇及一切生物的交配知识，却唯独没学过人的生育过程。他们甚至研究过椰枣如何授粉。椰枣会比人类更重要吗？那个学年结束之前，她举手向卫生老师提出了那个问题，但卫生老师觉得这个问题很粗俗，罚她举起手，站到墙边。芙阿达盯着墙壁，想知道为什么植物、昆虫、动物的繁殖是科学问题，而人类的繁殖却可耻到一经提起就会遭到惩罚？

＊　＊　＊

　　芙阿达发现自己走在尼罗河大街上。沉重的黑暗笼罩着河面，河水两侧倒映着路灯的光晕。纤长的尼罗河在黑暗中曼延，像轻浮的女子为讨厌的丈夫服丧，穿了一身镶人造珍珠边的黑裙。她在黑暗中环顾四周，一切都如梦境般不真实。连那个小餐馆的门上都挂着廉价的彩灯，投下阴森鬼魅的影子。她走过餐馆，没有进门，随后却又折回了餐馆。她走过树下的长廊，走到尽头，转头看那张桌子。桌边有人。一男一女坐在那里。服务员正在他们面前布置水杯和餐盘，脸上挂着微笑，就跟面对她和法里德时一样。在他看到自己之前，她迅速转头离开了餐馆。

　　她低着头，沿着尼罗河大街往前走。是什么把她带到了这里。难道她不知道吗，这些地方跟法里德沆瀣一气，宣告着他的离去，把他藏了起来。虚伪与矛盾像一张黑网吞没了她。她生气地跺脚。她这是怎么了？法里德已经离开她了，他消失了，她为什么还要在他的地盘徘徊？为什么？她必须将他从自己的生活中赶出去，正如他把自己从他的生活中赶了出来。是的，她必须这么做。

　　这个想法似乎让她平静了下来，她抬头看向街道。然而，她看到一个很像法里德的男人朝自己走来，心又猛地一跳。她匆匆跑向他。他的肩微微蜷缩，走路时缓慢而谨慎。跟法里德走路的姿势一样！他们之间的距离越来越短。他甩动手臂的样子很特别，跟法里德不一样。当他距自己只有几步之遥时，她开口喊道："法里德！"一辆车经过，车灯照亮了他的脸，那不是法里德的脸。她的心像铅块一样沉了下去，她缩进外套。那个男人暧昧地点了一下自己的秃头。她转过身，匆匆跑开，然而他紧随其后，咕哝着一些支离破碎、模糊不清的话。她离开尼罗河大街，转上一条小路，他跟了上来，继续跟着她，走过了一条又一条街，直至她走到了家门口。

　　她气喘吁吁地开门，没有听到母亲的声音，便蹑手蹑脚地穿过客厅，从敞开的房门里，看到母亲睡在床上。她向右侧睡，头上裹着白色的头巾，枕着两只厚厚的枕头，瘦削的身体藏在一条叠好的羊毛毯下。

　　芙阿达走进自己的房间，关上房门。她在房间中央一动不动地站了一会儿，然后开始脱衣服。她穿上一条睡裙，摘下手表，将它放在电话旁边的架子上。她的手触到了冰冷的电话，打了个寒战。她看看时间，已是午夜时分。法里德在家吗？她应该再给他打个电话试试吗？难道她不应该停止这种追逐吗？她可以拨那串号码，如果他接了，她就会挂断。是的，他不会知道是谁打来的。

她将手指伸进拨盘，转动了五次。熟悉的铃音响起，在安静的夜里，显得比往常更响亮。她用手掌包住听筒，担心响亮的铃音会吵醒母亲。铃音像饥饿的动物，继续在她耳边尖叫，回声在她脑袋里弹来弹去，仿佛她的脑袋是一堵坚硬的石墙。

她放回听筒，掐断铃音，倒在床上，闭上眼睛，尝试入睡。然而，她没能睡着。她把头靠在枕头上，身体伸到床外。她睁开眼睛，看到了衣柜、镜子、衣帽架、床边柜、窗户，以及掉了一小块漆的天花板。她闭上眼睛，让胸口随着规律的深呼吸而起伏。可她依然没能睡着。她把身体的全部重量压在床上，转身趴下，脸埋在枕头里，假装自己已不省人事。可她依然清醒，身体在粗糙的羊毛被下伸展开来。她翻了个身,转到左边,睁开眼睛,只见一片漆黑。她想象着自己依然双眼紧闭,或者自己盲了,但她看到一道微光慢慢出现在墙上。她把头压在枕头上,被子拉过眼睛,却依然无法入睡。一阵轻柔的噪音响起,一开始很轻,随后越来越大,直到变成持续不断的尖锐鸣音,跟无人应答的电话铃音一样。她想象着电话听筒还在耳边,于是把手伸到脑袋下面,却只摸到了枕头。耳朵离开枕头后,鸣音停下了,随后又响了起来。她屏息片刻,发现了声音的源头。那是熟悉的心跳,只不过心跳从未像锤子的敲击声一样猛烈,也不会响个不停。从前的每个夜晚,她把头埋进枕头,什么也听不见,过一会儿便睡熟了。以前她是如何入睡的?她想知道自己每晚是怎么陷入睡眠的,却发现自己并不清楚。她会感到身体沉重,就像戴上了镣铐,然后就会失去意识。她记起有那么一两次,她想弄清楚自己是怎么失去意识的,就在睡着之前睁大眼睛,坚持到清醒的最后一刻,想看看到底会发生什么,可是睡眠总在她发觉之前就征服了她。

是的,她什么也不知道,连简单的事物也不了解。她无法通过直觉知晓,也没能通过重复学会。她一生中睡掉了多少个夜晚?现在她三十岁了,一年有三百六十五天,所以她已经不知不觉地睡掉了一万零九百五十个夜晚。

她把头紧紧压在枕头上,鸣音在她脑中回响,一个石头般坚硬的脑袋,一个一无所知的脑袋,不知道法里德去了哪里,不知道自己为何要去理学院,不知道为什么要在化学部的生化研究部门工作,不知道化学研究是为了什么,不知道那个心底里必须要找到的新发现,不知道为何要睡觉。是的,一个愚蠢坚硬的石头脑袋,它一无所知,只会重复空空的回声,像一堵墙似的。

似乎有一面沉重的高墙倒在了她的身上,将她在地上碾碎。她感到周围全是水,仿佛在深海中游泳。尽管她不会游泳,此刻却游得十分熟练,就像在空中飞行。水温宜人。她看到一条巨大的鲨鱼在水底滑行,它张着大嘴,两排牙齿又长又尖。那个大家伙越游越近,张大的嘴像一条黑暗的隧道。她试图逃走,却逃不掉。她惊恐地尖叫起来,睁开了眼睛。

*　*　*

阳光穿过百叶窗的窄缝照进房间。她从枕头里抬起头，头晕目眩，便又垂下了头。然后她伸手取过架子上的手表，看了一眼，立刻从床上跳起来，穿好衣服。她大口喝光母亲准备的凉茶，走到街上。

冷空气扑面而来，她颤抖着，轻快地动着胳膊和腿。然而，胃里突然一阵绞痛，她放慢脚步，把手指按在肋骨下柔软的三角区，找到了疼痛所在的位置，它在身体深处，像长牙的虫子，啃噬着她的胃壁。她不知道为何这种奇怪的疼痛会在每天早晨来袭。

她在公交车站等车，通往部里的613路来了，她只是盯着它，一动不动。公交车再次启动时，她突然意识到自己应该上车，便追着它跑，却没能赶上。她走回车站，感到一阵轻松。她今天不会去部里了，所有的假都用光了，要是今天不去，会怎样呢……会给这个世界带来任何改变吗？就算她死了，就算她的血肉之躯从这个世界上消失，也不会改变这个世界分毫，那么今天缺勤又有什么大不了？不过是在封面破旧的考勤登记表上留下一行空白。

想到这一点,整个世界都明亮起来。她冷眼看着人们气喘吁吁地赶公交、愚蠢盲目地挤上去。这些蠢蛋为什么要跑呢?有没有人知道他们昨晚是怎么入睡的?有没有人知道,就算他们滚到车轮底下死掉,就算载着他们的公交车连人带车一起掉进尼罗河,对这个世界来说也无足轻重?

又一辆车停在她的面前。车上还有空座,于是她上了车,坐到一个老人身旁。他用颤抖的手指拨着黄色的念珠,轻轻念道:"哦,保护者!哦,保护者!主保佑我们!主保佑我们!"他不时透过车窗,用那没了睫毛的眼睛看向天空。芙阿达觉得他似乎刚刚经历过灾祸,于是温柔地冲他笑了,想给他一点安慰。可他吓了一跳,在座位上蜷缩起来,离她远了一些,瘦瘦的身体紧紧贴着车窗。"这个世界上有多少恐惧啊!"她心里想道,一边扭过了头。

她身旁站着一位年轻女子。公交车上此刻已经站满了人。女子身上飘来一股香味,脸上扑了粉,唇上涂了口红。她又瘦又矮,肚子刚及芙阿达的肩,臀部却圆润上翘。

芙阿达突然无来由地站了起来。女子挤到她的座位上,恼火地呼出一口气。芙阿达挤出人群,在公交车离站前冲了下去,脚刚落地就差点摔倒,但她稳住了自己,抬头一看,发现自己就在政府大楼的锈栅栏前。

芙阿达像认出了自己身处何方,她本不打算来部里的。可她的脚鬼使神差地沿着平日的通勤路线,把她带到了这里,正如一只驴子见棚门打开,就会自动走去田里。一切发生得如此自然,就像婴儿爬出母亲的子宫。

她抬头看向那座阴沉的大楼,它从露天的院子里凸了出来,就像母亲的肚子。深褐色的表面布满又长又宽的缝隙,宛如妊娠纹。她闻到了一股奇怪的味道,仿佛医院产房或老旧厕所。她跌跌撞撞地朝前走,恶心的感觉愈演愈烈,她知道自己快到办公室了。

\* \* \*

部门领导很生气。他大吼大叫,唾沫横飞,其中一团掉在了她的脸上。她假装没有发觉,也没掏出手帕擦掉。

"你昨天没到下班时间就离开了办公室,早了整整三个半小时!"她听到他这么说。

"昨天"这个词传到她耳中,她不假思索地重复道:

"昨天?"

部门领导轻蔑地撇了撇自己的厚嘴唇,点着光秃秃的脑袋,吼道:

"是的,昨天,难道你忘了?"

她仿佛在自言自语:

"不,我没忘,但我以为那是……"她咽下了后半截话,"一两个礼拜之前了。"

他继续大吼,她却没听。她在想人们是怎么度过时间的,为什么感受到的时间与真正流逝的时间并非完全一致。钟表的指针在有限的小圈里平稳地转个不停,它能准确度量时间吗?无形而无限的东西怎么能用有形而有限的东西来度量呢?我们要怎么样度量一种无法看到、触到、尝到、嗅到、听到的东西呢?我们要怎样用一种存在的东西度量一种不存在的东西呢?

她突然有了一个想法,而且觉得别人肯定从没想到过。她感到一种隐秘的愉悦，但没在部门领导面前表露出来。突然，她说了一句话，却不知道自己为什么要说，也不知道自己是怎么说的：

"我在研究部待了六年，我觉得我有权从今天开始做研究。"

部门领导似乎觉得她的话是一番侮辱，他的秃头突然涨红了，就像一个倒立的大猩猩，头朝下，屁股朝天。

"你为什么露出这种笑容？"

她抿紧嘴唇，没有回答他的问题，却冒出了一句：

"您有权责备我缺勤，但您没权问我为什么笑。"

她想着他会怒不可遏，吼得更大声，但他突然沉默了，像是被她不寻常的顶嘴能力惊呆了。他的沉默鼓励了她，她佯装生气，拔高了声音：

"我不能坐视任何人践踏我的权利，不管是谁，我知道怎样捍卫我的权利！"

领导红红的秃顶变成了淡黄色，像一个香瓜。

"我践踏你什么权利了？"他吃惊地叫起来。

她挥着一只手大吼：

"你践踏了我的两个重要权利……一是问我为什么

笑，二是问这个问题时还特别加上了'这种笑容'。第一个权利是我笑的权利，第二个是我无疑可以选择怎样笑的权利。"

他瞪大了深深凹陷的双眼，眼周的皮肤皱了起来，他无比震惊地倒吸了一口气：

"你在说什么呢，小姐？"

芙阿达莫名怒不可遏，不假思索地厉声说道：

"谁告诉你我是小姐？"

他的眼睛瞪得更大了。

"呃，你不是吗？"他说。

芙阿达用拳头擂了一下桌子，吼道：

"你怎么敢问我这种问题？谁给你的权利？规章制度……"

场面调转得如此之快，现在芙阿达怒气冲天且理所当然。与其说部门领导感到惊讶，不如说他有点怕她。他面对下属时的严厉眼神已经消失殆尽，目光变得温顺，甚至恭敬，就像他面对副部长或直属上司时一样。她听到他用一种可谓驯服的声音说了一番仿佛练习了好多年的话：

"你今天可能累了，看起来心神不宁。要是我说了什么冒犯了你的话，请原谅。"

他把文件夹在腋下，走出了房门，芙阿达盯着他的背，他像老人似的弓着腰，但这并非因为他上了年纪，而是因为公务员总要点头哈腰，于是就未老先衰了。

那天她走出政府大楼，立刻将锈栅栏甩在身后，芙阿达告诉自己："我再也不会回到这个阴森的坟墓了。"她没太将这话放在心上，因为过去的六年里，她每天都会这么说。她走向回家的公交站，但到了那里，脚却带着她继续前行。她不知道自己要去哪里，只是漫无目的地朝前走着。她看到，周围的人都大步流星，心中有清晰明确的目的地。她不知道他们是怎样达成了这个奇迹，为何能如此轻松地迈着步子。她转了个圈，不知道自己要去哪个方向，感到自己独自待在一个封闭的圆圈里，没人跟她一起，一个人也没有。

她抬起头，看到外立面上贴着广告的高楼，吃了一惊。她突然想起，那天自己坐在办公桌前，已经做了一个决定，一个不可更改的最终决定。是的，她要租一间小公寓，将它变成自己的化学实验室。她挺直腰杆，用力跺了一下脚。是的,这就是她的决定,她的志向,她绝不会放弃。

她不知不觉走上了狮子桥大街,一边漫步一边打量周围的大楼,不时停下,向门卫询问楼里有没有空房。到了街道尽头,她过了马路,转个弯,开始研究街道另一侧的大楼。

其中一位门卫面庞黝黑,用充血的眼睛打量着她,问道:

"你身上有一千镑吗?"

"做什么?"她问道。

"楼里有间公寓下个月初就空了,但是房东想把家具卖给下一位承租人。"

"家具在房子里吗?"她问道。

"在。"他答。

"我能看看吗?"

"可以。"他说。

她跟在他身后,穿过大楼的门厅,他走上电梯,按下了12,他手指修长,像一支顶端雪白的铅笔。电梯上行时,她问:

"这间公寓有几个房间？"

"两个。"他答道。

"房租多少？"

"之前是每月六镑。"

"房东是谁？"

"一位举足轻重的商人。"他答道。

"他住这儿吗？"她问道。

"不住这儿，这里之前是他的办公室。"

电梯停在了十二楼。门卫走向一扇棕色的大门，门上有一块小铜片，上面写着：129。他打开门，进了公寓，她跟在后面，面前的小客厅放着一张座位快耷拉到地面的宽沙发、两张老旧的大椅子，以及一张破旧的木桌。在第一个房间里，她看到了一张宽大的蓝色铁床、一张大椅子和一个衣帽架。走进另一个房间，她以为里面会有桌子，没想到放着另一张床，以及一个衣柜和一面镜子。她转头问门卫：

"桌子在哪儿。"

他撇了撇发紫的嘴唇，露出湿润的内壁，瓮声瓮气地说：

"不知道。我就是个门卫。"

芙阿达在公寓里逛了一会儿，走到窗前。公寓坐落在高处，俯瞰着开罗的核心地带。她能看到主道和广场，以及尼罗河的岔口与河上的桥。芙阿达从未站在这么高的地方，开罗看起来比她想象中更小。过去吞没她的人群、可能碾死她的公交车、会令她迷路的宽阔长街——一切都遥远而不真实，它不再像一个大都市，而像一个蚁丘，漫无目的、碌碌无为地爬行与奔忙。

她站在窗边，感受到一种奇怪的愉悦。一切都缩小了，只有她没变，还是这么大、这么重，也许跟下面的一切比起来，她甚至变得更大更重了？

门卫的声音让她回过神来："你喜欢这间公寓吗，女士？"

她转向他，恍惚地答道：

"喜欢。"

她看着铁床，又说：

"但是订金能降一点吗，这些家具不值……"

门卫在她耳边悄悄说道：

"家具一文不值，但是如今这些公寓……这间公寓的市价不会低于三四十镑每月。"

"的确，"她说，"可我就算把自己卖了，也凑不到一千镑啊。"

那张黝黑的脸上浮起了微笑，出人意料地露出两行洁白的牙齿。

"你跟金子一样值钱！"他说。

这句恭维令芙阿达的心情久违地明媚起来，她露出一个大大的微笑：

"谢谢你，……叔叔。"

"奥斯曼。"门卫说。

"谢谢你，奥斯曼叔叔。"

他们搭电梯下了楼。她握了一下门卫的手，谢过他，便打算离开了。他突然问：

"女士，你租这间房子来干什么？住吗？"

"不，"芙阿达答道，"这儿会变成一间化学实验室。"

"化学？"他惊呼道。

"是的，化学。"

他似乎听懂了，又咧嘴一笑："啊，是的，是的，化学。这间公寓正合适。"

"是很合适，"芙阿达说，"不过……"

门卫凑到她耳边。

"你可以跟房东商量商量。他可能会降到六百镑。我之前没告诉过别人，你是个好人，应该拥有最好的东西。"

"六百镑？"芙阿达自言自语道。母亲能给她六百镑吗？悬。她看着门卫。

"要是你愿意，我可以帮你约房东。"

她本想开口拒绝，话到嘴边却变成了：

"好的。"

"明天礼拜五。他每个礼拜五都会过来看看这栋楼。"

他骄傲地微笑着，又说道：

"整栋楼都是他的。"

"他什么时候过来？几点钟？"她问道。

"大概早上十点。"他答。

"我十点半来，但麻烦你转告他，我现在身上没有六百镑。"

"你有多少就付多少，剩下的可以分期，"门卫说，"我会帮你敲定的，他不会太为难你。"

他又凑到她耳边，悄悄说道：

"这间公寓空了七个月了，但你千万别说自己知道这事，否则他会知道是我泄的密。我之前没告诉过别人，你是个好人，应该拥有最好的东西。"

芙阿达笑了，说道：

"谢谢你，奥斯曼叔叔。我会报答你对我的帮助。"

他的微笑里充满了期待。

\* \* \*

芙阿达在天黑之前回了家。母亲裹着羊毛毯，坐在客厅里。厨娘奥姆·阿莱跟她在一起，一听到芙阿达进门的声音，她便站起来喊道：

"谢天谢地，你回来了。"

她用黑布裹住自己干瘪的身体，将小手提包夹在腋下，准备回家。芙阿达看到了母亲的大眼睛，眼白上覆着一层透明的淡黄色。她的鼻尖红红的，像是着了凉。芙阿达听到母亲虚弱地说道：

"我整天都在担心你。你怎么没打电话回来？"

芙阿达在桌前坐下，说：

"我身边没有电话，妈妈。"

"为什么？你这么长时间去哪儿了？"母亲问道。她吞下一勺拌了番茄酱的米饭，说：

"我在街上闲逛。"

"闲逛，为什么？"

她一边咽下食物，一边说：

"我在找寻一个伟大的发现。"

母亲惊讶地皱起了眉：

"你说什么？"

芙阿达一边微笑一边嚼碎一片烤肉：

"你不记得自己从前的祈祷了吗？"

芙阿达模仿母亲的样子和语调，耸耸肩，然后开始祈祷：

"愿主赐予你成功，芙阿达，我的女儿，愿你在化学领域有重大发现。"

母亲张开干裂的嘴唇，微笑着说：

"我多希望这能成真啊，女儿。"

芙阿达很开心，夹了一片撒着青椒碎的西红柿，说：

"你的祈祷似乎应验了。"

母亲开心地笑了,皱纹更深了:

"为什么?部里给你加薪了吗?还是升职了?"

部里!她为什么非要提到部里?她不能等自己吃完再说吗?芙阿达感到吃饭的乐趣荡然无存,那种慢性疼痛又开始在胃中绞动,随之而来的是一阵干呕。她没作声,起身去洗手,却听到母亲继续说道:

"让我开心一下吧,女儿。你升职了吗?"

芙阿达走出洗手间,站在了母亲面前。

"加薪或升职有什么用,妈妈?"她说,"整个化学部有什么用?你以为化学部有多了不起,其实它只是一座摇摇欲坠的大楼。你以为我一早离开家,下午才回来,肯定在部里做了很多事,我要是告诉你,我什么也没做,完完全全没做,只是在考勤表上填了个名字,你一定不肯相信。"

母亲瞪大了患黄疸的眼睛,悲伤地盯着她问道:

"可你为什么什么都不做?这样他们可不会满意,你就没法升职了。"

芙阿达用力咽了一下唾沫,说道:

"升职？升职要靠出生证明，要靠弯腰屈膝。"

"弯腰屈膝？"母亲惊讶地问道，"你是在化学研究部，还是在体育部？"

芙阿达笑了一声，用手掩住母亲的嘴，说：

"别提'研究'，这是个敏感词。"

"为什么？"母亲问道。

"没什么，我开玩笑的。我的意思是，我打算自己开个化学实验室。"

芙阿达挨着母亲坐下，急切地解释起拥有自己的实验室对她来说意味着什么。她可以帮别人化验，挣很多钱。除此之外，她会在那里做化学研究，也许能发现某种改变世界的东西。芙阿达激情四射地介绍了一番后，不得不提起扫兴的资金问题，也就是向母亲要钱。母亲一直在专注而愉快地倾听，直到话头转向了要钱。母亲知道自己没有会错意，芙阿达的语气昭示着她最终会对自己有所求。

于是，母亲说道：

"这很好。我只能祝你一切成功，女儿。"

"光祝福可不够，妈妈，"芙阿达说，"我没法靠祝福开实验室。我需要钱，我要买材料和设备。"

母亲摆摆遍布青筋的手，说：

"钱？钱从哪儿来？你知道家里山穷水尽了。"

"可是你以前说过你有一千镑左右的积蓄。"

母亲回答时，声音里的虚弱消失殆尽：

"一千镑？现在已经没有一千镑了。你忘了吗，我们拿一部分钱粉刷了公寓，还翻新了家具。难道你忘了吗？"

"这就花光了一千镑？"芙阿达问道。

母亲抿紧嘴唇说道：

"只剩下给我办丧礼的钱了。"

"别这么说，妈妈。"芙阿达说。

母亲乏力地叹了口气，声音很是虚弱：

"不会太久了，女儿。谁知道明天会发生什么呢。前几天我做了一个噩梦。"

"不……不……别说这些，"芙阿达边喊边站起来，"你会活到一百岁。你才六十五岁，所以你面前还有三十五年呢。不是三十五年普通日子，而是轻松快乐的日子，因为在这些年里，你的女儿芙阿达会创造奇迹，钱会从天上掉到你面前。"

母亲用力咽了一下口水,说:

"你为什么不存点钱呢?我从你父亲的抚恤金里存下了一千镑,那点抚恤金比你的工资还少三镑。你的钱都花哪儿去了?"

"我的钱?"芙阿达反驳道,"我的工资都不够买一条漂亮裙子!"

沉默良久,芙阿达走到自己的房间门口,站在那里看了一会儿母亲,她裹着羊毛毯,坐在沙发上。一场丧礼还是一个伟大的发现?这两者哪个更重要?哪个更实用?她张开口,做了最后一次试探:

"那么你一点钱都不会给我了?"母亲头也没抬地答道:

"你希望我死的时候连副棺材都没有吗?"

芙阿达走进房间,扑到了床上。没希望了,什么也没了,一切都消失了,她失去了一切。化学实验室、研究、法里德、化学发现。什么都不剩了,除了她沉重沮丧的身体。它每天吃喝拉撒,有什么用呢?为什么只剩下它?为什么唯独是它,陷在那个封闭的圆圈里?

她盯着衣柜旁的白墙。墙上挂着黑乎乎的方形相框，照片上有一个女孩，她穿着长长的白色婚纱，手里握着一束花，身旁站着一个蓄着黑须的长脸男孩。自出生起，她就看到这张照片挂在客厅里，却从未在它面前驻足细看。母亲告诉过她，这是自己的结婚照，不过她只远远地瞥了一眼，仿佛照片上的女孩不是她母亲，而是别的什么人。

只有一次，芙阿达偶然站到照片面前，仔细观察了一下。那是在父亲去世后一年左右。历史老师用戒尺打了她的手二十下，每根手指两下。芙阿达回家向母亲抱怨，母亲却因为她不重视历史扇了她巴掌，随后便出门去裁缝铺子了，只留芙阿达一人在家。她不知道自己那天为什么站到了照片面前，她只是在家里走来走去，像坐牢似的瞪着墙壁。然后她便第一次看到了这张照片，第一次看到了父亲的脸。她盯着他的眼睛，端详了很长时间，猜想这双眼睛与自己的相仿。她的心像被插了一刀，因为她突然意识到自己爱父亲，她需要父亲，需要父亲用那双眼睛看着自己，将自己揽在怀里。她把头埋进沙发抱枕，哭了。她之所以哭，是因为父亲死的时候，

67

她没哭，也不伤心。在那一刻，她希望父亲还活着，这样他就可以再死一次，她便能为他而哭，自己的良心就能得到安宁。她把眼泪擦在沙发罩上，站起来，从挂钩上取下照片，擦掉玻璃上的灰尘，再次端详起来。仿佛之前是因为尘土的遮蔽，她才没能看清母亲的眼睛，因为现在这双眼睛清晰地呈现在她面前，瞪得很大，眼里有种她从未见过的眼神，暴躁而专横。芙阿达举起照片，将它挂了回去，随后又将它带回房间，在衣柜旁钉了颗钉子，将它挂了起来。

芙阿达闭上眼睛，准备睡觉，却感到眼下有什么东西，像是眼泪，却又很烫。她揉揉眼睛，用被角擦掉眼泪，枕着枕头，拉起被子睡觉。然而耳鸣又开始了，就像微弱却无尽的铃音。她记起了什么，便跳下床，拨了那五个数字。铃音响起，响亮而清晰。第三个晚上了，法里德还是不在家。他去了哪里？

在他某个亲戚家？可她不认识他的任何亲戚。在他某个朋友家？她也不认识他的任何朋友。她只认识他。她不是通常意义上的认识他，因为她不知道他父亲的职业，也不知道他能从父亲那里继承多少亩地，不知道他每个月挣多少钱,不知道他的工作,也不知道很多琐事,例如他的纳税情况、护照号码和出生日期。这些事她一无所知,她只认识他的身体——他眼睛的形状和眼里闪烁着神采的与众不同的光晕。她知道他手指的形状,知道他咧嘴微笑的样子,能把他的声音同别人的区别开来,能从几百人中认出他的步态,知道他吻她时留在口中的味道,记得他的抚摸,也记得他的体味。是的,她记得,她能辨认出那种与众不同的体味,它会在他抵达之前出现,也会在他离开之后逗留,它停留在她的衣服上、头发里和手指间,仿佛它是一个不愿与她分开的人,仿佛它是从她身上散发出来的,而并非来自他。

这就是她所掌握的关于法里德的全部信息吗?他手指的形状、嘴唇的动作、走路的姿势和他的体味?她能像猎犬一样一边猛嗅空气,一边到处找他吗?为什么她没有多了解一点?为什么她不知道他的职业和他的工作地点?为什么她不知道他的家人、亲戚和朋友住在何处?不过他从没提过,她也从没问过。为什么要问?他也没问过她。他们曾是理学院的同学。就是这样开始的。

芙阿达听到旁边有声响,便睁开眼睛,发现母亲站在床边。她的眼睛似乎更大更黄了，脸上皱纹也更多了。芙阿达听到她说：

"你开实验室要多少钱？"

芙阿达用力咽了一口唾沫，说：

"你还剩多少钱？"

"八百镑。"母亲答。

"你能给我多少？"

母亲沉默了一阵，说：

"一百镑。"

"我需要两百镑，"芙阿达说，"我会还给你的。"

她边说边坐起来：

"我保证会还给你。"

母亲的声音很忧伤：

"什么时候还？你还没还清你的旧债。"

芙阿达笑着说：

"我要怎么还呢？你要我偿还你怀胎的九个月、阵痛、喂我的乳汁、摇篮旁无眠的夜晚！我怎么可能还得清呢？"

"这些主会还给我，但去年的一百镑你必须还给我。"

"去年？"芙阿达困惑地说道。

"你忘了吗？"母亲问道。

芙阿达记起了一年前的那天。她跟现在一样坐在床上，电话突然响了。她拿起听筒，听到了法里德的声音。他的语速比往常快。

"我现在在家。发生了一点紧急状况。你能给我送点钱来吗？"

"我有十镑。"她答道。

"我需要一百镑。"他急急地说道。

"什么时候要？"

"最迟今天或明天。"

这是法里德第一次向她索要东西。也是第一次有人向她索要东西。那天她病了，头痛欲裂，躺在床上不能动弹。但她突然恢复了力气，坐起来盯着墙。她觉得自己好像有力气下床去筹措那一百镑了。她立刻下床穿衣，不知道要去哪里筹钱，只知道自己必须出门筹钱。她头昏脑涨地在街上游荡，脑子里闪过各种念头——从真主保佑到杀人劫财。最后，她想到了母亲，便匆匆跑回了家。

向母亲要钱不是易事，她编了个大谎话，令母亲相信自己的女儿非得靠那一百镑才能过活，这才拿到了钱。接下来就是历史性的时刻：芙阿达把钱放进手提袋、冲去法里德家的时刻。法里德打开门，芙阿达颤抖着，气喘吁吁。她匆匆打开手提袋，一言不发地把一百镑放到桌上，快乐充盈着全身。

是的，她很快乐。也许这是她一生中最快乐的时刻，她终于能为法里德做点什么了，终于能为别人做点什么了，做点什么有用的事。法里德用闪闪发光的棕色眼睛看着她，她在那双眼睛里看到了她深爱却不明白的奇异的光晕。

"谢谢你，芙阿达。"他边说边抱住她。他没像之前每次在家中见她时那样吻她的嘴唇，而是轻轻吻了一下她的额头，便立刻转身走了，他说：

"我得走了。"

那天晚上回家后，芙阿达哭了。难道他不能再跟她一起待上五分钟吗？他忙到没时间吻她吗？什么事这么重要？

# 2

她坐在客厅里的旧椅子上。房东坐在对面。他们之间有张破旧的桌子，桌上的托盘里放着两小杯咖啡。他的脸又大又胖，第一眼看上去叫人难以信任。他嘴唇的动作、他的眼睛或某种难以形容的表情让这张脸上显出谎言或欺诈的迹象。也许是因为那双鼓起的眼睛总在下意识地盯着别人，也许是因为他急促而含糊地讲话时嘴唇会微微颤动。她说不清楚。

可是，她应该以貌取人吗？她不是有一个科学的大脑吗？她应该凭自己的感觉和印象去评价一个人吗？她为什么不改掉这个愚蠢的习惯？

她看到，他说话时薄薄的上唇颤动着，露出大大的黄牙。

"按市价，这个公寓的月租不会低于三十镑。"他说。

她伸手拿起咖啡，说：

"是的，是的，但我只有两百镑。我可以付这么多钱，但是不要家具。我不需要这些家具。"

他鼓起的眼睛在厚厚的镜片下闪烁着，令她想起一种水下的大鱼。他瞥了一眼站在门边的门卫，说道：

"如果你不要家具，我可以把房租降到四百镑。"

她喝了一大口苦咖啡，说：

"我说了，我只有两百镑。"

门卫恭敬地看着自己的主人，说道：

"拜托了先生，她可以现在付给你两百镑，剩下的分期。"

他薄薄的嘴唇抿出一个微笑，眨着鱼泡眼说道：

"好吧，每期多少？"

芙阿达对这类交易一窍不通。她的确想要这间公寓。事实上，它成了她生活中唯一的希望，几乎是她在痛失与空虚之中的唯一出路。只有它能带她走向化学研究——也许是伟大发现。然而，这张又大又胖的脸、这双把她当肥肉一般打量的饥饿的鱼泡眼，它们会收下两百镑却别无图谋吗？她要怎么还清剩下的钱？她还要靠分期购买仪器设备。要从哪儿弄到这些钱呢？到时她得每个月付房租，还得雇人接待客人和打扫卫生。

她低着头，静静地思考了一会儿，突然抬头看向他。他正贪婪地盯着她的腿，她下意识地拉了拉裙子，盖住了膝盖。

"我没法分期付款。"她边说边拿起手提包，起身准备离开。他也站了起来，似乎有点尴尬，盯着地板遗憾地咕哝道：

"我从没开过低于五百镑的价格，很多人来找过我，但我好长时间不愿意租出去。这是楼里最好的公寓。"

"是的，这个公寓挺好的，"她边说边朝门口走去，"但我最多只能付两百镑。"

她走向电梯，感到他的目光炙烤着自己的脊背。他帮她打开梯门，她进了电梯，他紧随其后。他体形庞大，肩膀很宽，挺着肚子，脚很小。电梯关门前，他对门卫说："把公寓的门锁好，奥斯曼。"

电梯载着他们下行。她发觉他的眼睛在打量自己的胸脯，仿佛在做鉴定。她把胳膊抱在胸前，假装忙着照镜子。看到自己的脸，她吃了一惊。法里德消失后，她好几天没照镜子了，至少在过去的两天内，她不记得自己曾照过镜子，也许在梳头发的时候看过镜子里的头发，但没注意到自己的脸。此刻这张脸比平时更长，眼睛也更大，眼白上布满血丝。鼻子和从前一样，嘴巴也是，依然不自觉地咧开一条丑陋的缝隙。她抿起嘴唇，用力咽了一口唾沫。电梯停在了底层。她意识到房东还在透过厚厚的镜片打量着自己。她打开梯门，冲出大楼，此刻身后却响起了声音：

"小姐，不好意思……"

她转身看他，他继续说道：

"不知你想租这间公寓做什么……住吗？"

"不，"她烦恼地说，"是想用作化学实验室。"

他薄薄的上唇底下再次露出大大的黄牙，说道：

"很好。是你自己想在这里工作吗？"

他的眼睛闪烁了一下，说道：

"我很想把房子租给你，不过……"

"谢谢，"她打断了他，"但我也说了，我只有两百镑。"

他凝视了她一会儿。

"那就两百镑。你知道的，我给别人绝不是这个价。"

她惊讶地看着他,说道:

"也就是说,你答应了?"

他微微一笑,鼓起的眼睛像青蛙似的,在镜片后游移,他说:

"就帮你这个忙吧。"

她掩饰着自己的喜悦,问道:

"我能现在付钱吗?"

"如果你想。"他说。

她打开手提袋,递给他两百镑。

"什么时候能签租约?"

"随时。"他说。

"现在可以吗?"

"那就现在。"他答道。

* * *

芙阿达沉着脸离开大楼,走到街上。她内心充满了梦一般不真切的感觉,既不相信自己租到了这间公寓,又极度害怕失去它。一个人若得到了一样珍贵的东西,又担心随即失去，就会有这种恐惧。

刚刚发生的一切都像一场梦。她打开手提包，看到叠好的租约躺在包底，便站住了。她取出租约，展开来细看：甲方，穆罕默德·萨迪；乙方，芙阿达·卡里尔·萨利姆。这是真的，她放心了，将它叠好，放回包里，继续往前走。

她心中仍然压着一块石头。是什么令她沮丧？她不应该开心起来吗？她不是租到了那间公寓吗？她的心愿不是达成了吗？她现在不是就快拥有自己的化学实验室了吗？不是可以做研究了吗？不是能够发现新事物了吗？是的，她应该开心起来，可是她心头仍像压着石头一般沉重。

她不想回家，便信步闲逛。然后她看到了一部电话，就在一扇玻璃门后。她推开门走进去，刚想拿起听筒，一个粗暴的声音就响了起来："这个电话你不能用。"她出门寻找另一部电话。现在是礼拜五的下午一点。法里德可能已经回来了，然而她心里明白，她是不会找到他的，只会听到那持续不断的响亮铃音。最好别打电话了，最好别再过问他的事。他已经离她而去了，他消失了，为什么她还要为他忧心呢?

她在一个香烟铺子里看到了电话,先是假装没看到它,直接走了过去,随后又折回来,用冰凉颤抖的手拿起听筒。

铃音像一个尖锐的乐器,刺穿了她的脑袋。她被弄疼了耳朵,却将听筒贴得更近,仿佛很享受这疼痛,仿佛它能治愈另一种更巨大更深沉的痛,就像有些人用熨斗烫自己,好忘记肝脾的剧痛。听筒一直贴在耳朵上,像是牢牢粘住了,直到店主的声音响起:

"别人也想用电话。"

她放回听筒,低头继续前行。他去了哪里?为什么没告诉她真相?一切都是谎言吗?她的感觉全是假的吗?她为什么没办法不去想他?她要在街上游荡多久?像时钟的指针一般徒劳地转圈,有什么意义呢?难道她不应该着手给实验室买仪器设备吗?

她抬起头,看到有个背影很像法里德。她定住了,如遭电击,浑身动弹不得。不过待她看清那人的侧脸,便松了一口气:那不是法里德。她感到浑身的肌肉像电击过般瘫软,她迈不开步子,双腿已无力支撑自己。旁边有一家小咖啡馆，门口有露天的桌子，于是她坐上其中一张椅子，不甚清醒地环顾四周。一切看起来都很熟悉。她是不是曾经见过这一切？那个分发彩票的跛足男人？下巴上有一道深疤的黑皮肤服务生？她胳膊下的这张椭圆形大理石桌子？邻桌那个在喝咖啡的小个子胖男人？咖啡杯上细细的棕色线条？甚至他抬手将咖啡杯凑近嘴唇时的微微颤动？一切都发生过。但她从没来过这家咖啡馆，从没走上这条街——可坐在这儿……这个跛足男人、这个服务生、这张桌子，一切的一切……一定发生过：她不知道是在何时何地……

她想起有次看到的关于转世的文章，将信将疑地对自己说，可能她某一世经历过这些……

在那个瞬间，一个奇怪的念头钻进她的脑中：她会看到法里德从眼前经过。那不只是一个想法、一个念头，而是一种信念。似乎有某种神秘的力量把她带到了这家咖啡馆，就在这条街上，就在这个瞬间，就是为了让她见到法里德。

她不相信神秘的力量。她的大脑接受过科学训练，只相信能被放进试管研究分析的东西。然而这种突如其来的信念是如此强烈，她恐惧地颤抖起来，想象着自己在见到法里德的瞬间，会被信仰击翻在地，就像被一只无形的手打倒。

她脸上和身上的肌肉都紧张起来，等着沉重的打击在见到人群中的法里德时降临。她的眼睛一眨不眨，扫视着路人的面孔，她屏住呼吸，心脏剧烈地跳动，想要流干最后一滴血。

时间过去了，她没有见到法里德。她松了一口气，稍稍镇定了一些。谢天谢地，他没有出现，她没被打倒。然后她又焦虑起来，预感没有成真，她会再次坠入等待与寻觅的深渊。她仍然期望能够看到他，便继续盯着人们的脸，仔细检阅每一张面孔。有些人的面容或动作与法里德相似，她的目光会短暂地停留在这些相似之处上，仿佛看到了一部分真实的法里德。

过了一会儿，芙阿达才确定，那种奇怪的信念不是真的。脑袋与脖子上的肌肉失望地松弛下来，与此同时，一阵轻微的释然也悄悄爬上心头，一种从责任与信仰中解脱出来的释然。

五天之后，实验室就绪了。那是礼拜二的下午，芙阿达走在狮子桥大街，提着一包试管和细橡胶管，往实验室赶去。在十字路口，她和其他人一起停下来，站在人行道上等红灯。

她一边等待，一边抬头看向对面大楼的外立面。墙上的窗户、阳台和门廊都挂满了广告牌——上面写着医生、律师、会计、裁缝、按摩师和其他从业者的姓名。这些名字印得又黑又大，衬在白色的背景上，就像，她想，就像报纸上的讣告页。她看到了自己的名字——芙阿达·卡里尔·萨利姆——在其中一页的顶端，黑黑的。她的心战栗起来，仿佛读到了自己的死讯。不过，她知道自己没死，她站在交通信号灯旁边，等着它变绿，她还能移动自己的胳膊。于是她挥了一下胳膊，碰到了身边的一个男人，他旁边还有另外三个男人，他们全都在看大楼的正面，读着广告牌上的字。她想象着他们正在看自己的名字，便尴尬地缩进了外套。她觉得自己的名字似乎不是用黑漆字母写成的，而是用一些切身的东西——比如四肢——比如她自己的四肢。她有种奇怪的感觉，当男人们打量她暴露在外的名字时，仿佛是在打量她陈列在橱窗里的裸体。信号灯变换时，她溜进人群藏好，想起了小学一年级的事。长着鹰钩鼻的宗教老师站在一班六到八岁的小女孩面前，详细地阐述有关女德的宗教教义。那天他说，女性必须遮好自己的身体，因为这是私密的，而且在陌生男人面前不能说话，因为连女性的声音都是私密的。他还说，女性的名字也是私密的，在陌生男人面前不能大声提及。他举了个例子："只有在必要的情况下，我才会在其他男人面前提到我的妻子，不过我从来不会讲她的真名。"

年幼的芙阿达听着老师说的话，一个字都不明白，只好盯着老师讲话时的表情。他说的"私密"一词，芙阿达不知道是什么意思，不过从他的表情不难看出，这是指某种丑陋而下贱的东西。她缩在座椅上，为自己的性别而悲伤。那天原本可以像其他日子一样平静地度过，可宗教老师决定向芙阿达提问，要她阐释自己的话……她站了起来，双脚因害怕而颤抖，不知怎么的，她站起来的时候，尿不由自主地顺着大腿流了下来。全班女孩的目光都集中在她湿透的腿上，她想哭，却惭愧到哭不出来。

\*　\*　\*

芙阿达站在自己的化学实验室里，身边的一切都是崭新的，全都洗过，正待使用：导管、试管、仪器、水池，一切。显微镜放在专门的桌子上，开了专门的灯，她走过去，转动旋钮，对准目镜。她看到了一块干净的空白光圈，自言自语道：

"也许有一天，我会在这个光圈里看到我一直寻觅的东西。"

她穿上白大褂，安好导管，点燃了加热器。火焰轻柔的嘶嘶声美妙极了，她用金属钳夹起一根试管，仔细地冲洗，直到它一尘不染，才放回火舌上烘干，研究的准备工作便完成了。

但她一动不动，举着空试管出了神，她感到冷汗爬上了自己的额头。她记起有天一个同学看着她的咖啡杯，想给她算命。朋友边端详杯子边问她：

"你母亲叫什么名字？"

芙阿达被这个突如其来的问题吓了一跳，这个她从来都熟知答案的问题，但当她真的准备回答时，答案却溜走了。她越努力去想，就越不知道答案躲到了哪里。她记不起母亲的名字。朋友坚持要问，越是催她，她就越记不起那个名字，最后朋友只好跳过这个问题，开始占卜。朋友刚停止发问，芙阿达就记起了母亲的名字。

她将试管放回架子，低下头，开始在房间里踱步。什么都可以忘记，但是这不可以！因为她无法忍受，无法忍受！她只剩下它了，它是她活下去的唯一理由！

她打开了窗。冷空气扑面而来，她清醒了一些。"是沮丧，"她想，"我不该在沮丧的时候考虑研究的事。"她看向窗外，阳台栅栏外挂着巨大的招牌。街道远远地坐落在下面，人们头也不抬地赶路，完全没注意到她的化学实验室。似乎没人会对她的实验室感兴趣，没人会敲开她的门。她焦虑地咬着嘴唇，刚想关窗，就看到底下站着一个女人，她在抬头看这扇窗。她立刻兴奋起来。那个女人无疑在遭受痛风之苦，想来做尿检。她冲到门上挂着"等候室"牌子的外间，将椅子排成直线。她照了照门边的镜子，及膝的白大褂看起来像理发师的工作服，她瞥了一眼有缝的嘴唇，盯着自己的眼睛，一边微笑一边对自己说：

"芙阿达·卡里尔·萨利姆,化验室的所有者。是的,这就是我。"

她听到电梯停下的嗡嗡声,听到它的门开了又关,听到高跟鞋重重地敲击着走廊的地面。芙阿达等在门后,期待着门铃响起,却什么都没听到。她轻手轻脚地走到猫眼前,看见女人的背影消失在隔壁的公寓里。她看了一下门上的名牌:"沙乐碧运动按摩瘦身中心"。她关掉猫眼,走进门上写着"研究分析室"的内室。她刻意不去看那些空试管,开始在房间里踱步,然后看了看时间。八点了。她记起今天是礼拜二,便脱下工作服,扔到椅子上,然后冲了出去。

上个礼拜二他没有来——也许有什么无法脱身的事?又一个礼拜二到了。他今天会来吗?她要是去餐馆,会不会发现他就坐在那张桌子前?背朝她,面向尼罗河?她的心怦怦跳着,可心中仍沉重无比,像一个不断变硬并收缩的铅球。她不会找到他的,那为什么要去餐馆呢?她想掉头回家,却没能做到。她的脚不由自主地奔向餐馆,像脱缰的野马一般。

她看到了光秃秃的桌面,它像汹涌大海中的一块岩石，风从四面八方扑来。她沉着脸站了一会儿，就低头离开了餐馆，迈着缓慢而沉重的步伐回了家。

\* \* \*

母亲在客厅一角做祷告，背对大门，面朝墙壁。芙阿达站在那里看她。她弓着的脊背向前拜倒，裙摆被扯起，露出了腿肚。她跪了一会儿，然后直起上身，再次拜倒，裙摆再次被扯起，露出腿肚，芙阿达看到母亲的腿上青筋缠绕，像扭曲的虫子，她思索道："心脏或动脉状况堪忧。"母亲跪在地上，转头看右边，咕哝了几句。终于，她扶着沙发站起来，穿上拖鞋，转向站在身后的芙阿达。

"以慈悲的真主之名，"她吟诵道，"你什么时候回来的？"

"刚回来。"芙阿达答道，她坐上沙发，疲惫地叹了一口气。母亲坐到她身旁，看着她说：

"你看起来很累。"

她刚想说"非常累"，却突然瞥见了母亲的脸。母亲的眼白明显泛黄，她之前没注意到，便问道：

"我认真工作了一天。你累吗，妈妈？"

"我，累？"母亲惊讶地问。

"比如说，心脏累吗？"芙阿达说。

"为什么这么问？"母亲问道。

"你祈祷的时候，我发现了你腿上的静脉曲张。"

"心脏跟腿有什么关系？"

"血液是从心脏流向腿的。"她答道。

母亲不以为意地摆摆手。

"它想流到哪里就流到哪里，"她说，"我没觉得累。"

"有时候我们不觉得累，"芙阿达说，"但是已经有了隐疾。最好还是做个检查。"

母亲交叉起双腿：

"我讨厌医生。"

"不一定要去看医生，"芙阿达说，"我可以给你做个检查。"

"什么检查？"母亲警觉地问道。

"我会把你的尿液样本带到实验室化验。"她说。

母亲揶揄地笑起来，喊道：

"啊，我知道了！你想在我身上做实验。"

芙阿达盯着母亲看了一会儿，说：

"什么实验？我是免费为你服务。"

"非常感谢，"母亲说，"我身体很好，我不想骗自己：我生病了。"

"这不是骗不骗的问题，妈妈，"芙阿达恼了，"也不是生不生病的问题。"

"那化验有什么意义呢？"

"确定病没病是一回事，化验是另一回事。"她答。

她沉默了一会儿，更轻柔地说道：

"化验本身就是一门艺术，我非常乐意表演。"

母亲嘲弄地撇了一下上唇：

"化验尿液是什么艺术，有什么乐趣？"

芙阿达像是自言自语地答道：

"这是需要动用感觉的工作，就跟艺术一样。"

"什么感觉？"母亲问道。

"嗅觉、触觉、视觉、味觉……"芙阿达说。

"味觉？"母亲凝视了女儿一会儿，惊呼道。

"你好像对化验一无所知！"她说。

芙阿达看着母亲,发现她眼里有种古怪的神气,就像结婚照上的那样,那是一种严厉、怀疑的眼神,强烈地怀疑着眼前的任何人。她感到热血上头,不禁说:

"我知道你为什么拒绝了。你之所以拒绝,是因为你根本不相信化验。"

她不由自主地拔高了声音,吼道:

"你不相信我能做成什么事!这就是你对我的一贯看法,也是你对爸爸的一贯看法……"

母亲惊讶地张大了嘴:"你在说什么啊?"

她的嗓门更大了:

"是的,你不相信我。你一直想隐瞒这一点。"

母亲无比愕然地看着她,虚弱地说道:

"我为什么不相信你?……"

"因为我是你的女儿,"芙阿达大喊,"人们从来不会欣赏自己已经拥有的东西。"

芙阿达把头埋进手里,仿佛头痛得厉害。母亲一直看着她,沉默而忧虑。

"谁说我不相信你了,女儿?"她悲伤地说道,"要是你能知道你出生那天我第一眼看到你时的心情该有多好。你像个小天使，躺在我身边，轻轻地呼吸着，用你那双闪闪发光的小眼睛好奇地打量着这个世界。我把你抱起来，让你父亲看，我对他说：'看看她呀，卡里尔。'你父亲匆匆瞥了你一眼，生气地说：'是个女孩。'我把你举到他面前，对他说：'她会成为一位杰出的女性的，卡里尔。看看她的眼睛！亲亲她，卡里尔！亲亲她！'我举着你，你的脸快触到他的脸了，然而他没有亲你，只是扔下我们，掉头走了。"

母亲用袖子擦去一滴眼泪，继续说道：

"那天晚上我比从前更恨他。我整晚没睡，看着你睡熟的小脸。每当我把手指放到你手上，你就会用小小的手指包住我的手指，紧紧地攥着。我一直哭到第二天早上。我不知道，女儿，我不知道我生了什么病，但我突然发起高烧，晕倒了……等我醒来，发现自己身在医院，子宫被摘除了，我再也不能生育了。"

她从长袍的口袋里掏出手帕，擦去脸上的泪，说道：

"你是我生命里的唯一。以前你熬夜学习的时候，我会走进你的房间，对你说……"

她抽泣着，用手帕捂住眼睛，好一会儿才拿开：

"你不记得了吗，芙阿达？"

芙阿达沉默不语，心烦意乱地与剧烈的偏头痛做斗争，仿佛半睡半醒。

"我不记得了，妈妈。"她虚弱地说道。

母亲轻柔地问道：

"我以前是怎么跟你说的，芙阿达？"

"你以前跟我说，我会成功的，我会比所有的朋友优秀……"

母亲张开干燥的嘴唇，微微一笑：

"你看，我一直相信你。"

"你只是假想我比其他女孩优秀。"

"我不是假想，"母亲坚定地说道，"我是确定。"

芙阿达看着母亲的眼睛，问道："你为什么那么确定？"

"就是那样，没有理由。"她迅速答道。

芙阿达试图读懂母亲的眼神，想找出藏在这份确定中的秘密，然而她什么也没看到。眨眼间，她的懊恼变成了怒火，她冲母亲咆哮道：

"就是这种确定毁了我的生活！……"

"什么！……"母亲惊呼道。

她的话冲口而出，仿佛来自遥远的过去：

"你的确定像鬼魂似的缠住我，压得我喘不过气来。我通过考试是为了……"

她停了片刻，心烦意乱地看看四周，喘了一口气，然后飞快地说道：

"是的，我是为了你，才通过考试。这对我来说是一种折磨，是的，折磨，因为我热爱科学，我本可以为了自己……"她用手抱住脑袋，使劲按压它。

母亲沉默了一会儿，悲伤地说道：

"你今晚心情不好，芙阿达。过去这些天发生了什么？你魂不守舍似的。"

芙阿达一言不发，双手抱头，唯恐它裂开。一阵剧痛将她的脑袋劈成了两半，仿佛有个尖尖的东西戳着她的后脑勺。她不知道那是什么，但它似乎在揭示那种忧伤的真正原因，那种会在她开心过后突然袭上心头的忧伤。

那原因不是别的，正是她的母亲。她爱母亲胜过一切，胜过法里德，胜过化学，胜过发现，胜过她自己。

虽然她很想从这份爱中脱身，可她做不到，就像掉进了一个永恒的陷阱，它的枷锁与绳索缚住了她的手脚。她终其一生也无法将自己从这个陷阱中释放出来。

她不知不觉地移动小指，滑过上唇，放进了嘴里。她吮吸着小指，就像一个开始长牙的孩子依然在吮吸母亲的乳房。她在客厅的沙发上坐了很长时间，抱着头，吮吸着小指尖。母亲好像已经离开了客厅，她不知道母亲去了哪里，不过片刻后，母亲便带着一小杯黄色液体回来了。她伸出自己布满青筋的瘦手，把玻璃杯递给自己的女儿。芙阿达抬起双眼看着母亲，压抑已久的泪水掉在了膝盖上。

\* \* \*

芙阿达愉快地洗着试管，准备好分别盛着酸溶液和碱溶液的烧瓶，校验好化验设备和光谱仪。她点燃加热器，将母亲的尿液样本倒进试管，用金属夹子夹住试管，凑近火焰。她就这样站着，突然意识到自己为什么要让母亲给自己一份样本：她想使用实验室的新设备。

样本里没有沉淀物,她关掉加热器,将一滴冷却的尿液滴在载玻片上,放到显微镜下开始观察。她看到一个大圆圈,里面有很多形状相异、大小不同的圈。她移动镜子,调整了一下光线,然后转动放大镜的旋钮。大圆圈变大了,她看得更清晰了,颤动的小圈也变大了,看上去就像漂浮在水面上的葡萄。

她专注地看着其中一个圈,它看起来像,她想,像一颗卵子。它颤动着,里面还有两个颤动着的深色小圈,仿佛一双眼睛。她盯着它们,她那清醒而科学的大脑突然停滞了,那两个小圈似乎也在盯着她,带着母亲惯有的眼神。就像一颗卵子——这属于她的母亲……也许三十年前她就是这颗卵子……只是母亲没有把它放进试管,塞上塞子。它像头皮上的虱子一样,牢牢攀附着她的肉体,吃她的细胞,吸她的血。

她继续盯着镜片,一动不动,像在做梦,随着想象的驰骋,时间与思想都消失了。她想象着母亲与父亲一起躺在床上的样子,既震惊又难以置信。女人在怀孕前所做的那些事,她以前从未想过母亲也会去做,尽管母亲显然做过,她自己的存在便是证明。她凭自己对母亲的了解，想象着母亲在这种情形下的样子。母亲头上裹着白色的头巾，身上披着长袍，脚上穿着黑袜子和羊毛拖鞋。是的，她看到母亲就这样穿戴整齐，躺在父亲的臂弯，她用力抿着嘴，宽宽的额头上严肃地皱着眉，履行着婚姻的义务——跟她做祷告时的动作一样，缓慢而庄严。

门铃响了。她看到"卵子"的那一刻，门铃就响了。一开始，她昏头涨脑地以为那是隔壁公寓的门铃，或是街上自行车的铃声。它响个不停。她便离开显微镜，走去开门。她看到一双鼓起的眼睛，里面有一对凸起的黑色瞳孔，此时那些黑色的圈依然在她眼前颤动。她觉得自己似乎依然在看显微镜，她捂着眼睛说：

"请进，萨迪先生。"

他庞大的身躯跟着她进了等候室，步调迟疑，仿佛不知道自己因何而来。他打量着周围崭新的金属椅子，说：

"祝贺！祝贺！多棒的实验室啊！"

他坐到其中一张椅子上，说：

"之前我好几次想来拜访你，祝贺你有了新的实验室，可又担心……"

他沉默了一阵，眼睛在厚厚的镜片下举棋不定，然后继续说道：

"又担心会打扰到你。"

"谢谢。"她平静地说。

他抬头看到了那块名牌，惊呼道：

"研究室！"他站起来，把头靠在房门上，看到了那些新材料、试管和容器，他钦佩地说道：

"棒极了！棒极了！这真的是一个化学实验室！"她有些惊讶地环顾四周。她还没发觉自己真的拥有了一个实验室，也不觉得它是一个真正的化学实验室。它看起来尚不完善，缺了不少东西。她讶异地问道：

"真的吗？你真觉得它看起来像一个化学实验室吗？"

他惊讶地看着她。

"你觉得呢？难道你觉得它不像吗？"

她重新审视整个实验室，心不在焉地答道：

"我们并非总能看到自己拥有的东西。"

他笑了，咧开上唇，再次露出大大的黄牙，说道：

"确实如此，尤其是自己的丈夫或妻子。"

97

他大笑了一声，又坐回椅子上，她依旧站着。

"你看上去很忙，我有没有妨碍你？"他问道。

她在靠近门口的椅子上坐下来。

"我在做研究。"她说。

她无来由地笑了，也许是想起了母亲卵子的形状。他赤裸的目光舔舐着她的脸：

"告诉你一件事。你知道吗，你长得很像我的女儿。一样的笑容、眼睛、身材……"

芙阿达感到他的目光落在自己身上，便沉默地低下了头。她悄悄对自己说：

"他只是想聊天。"

"我第一次看到你，"他说，"就发现了这种神奇的相似，我感觉自己认识你……也许这就是我把房子租给你的原因。"

是的，他只是想聊天。现在他谈到了这间公寓。他为何而来？他毁掉了她化验母亲尿液的乐趣。

"前些日子，"他说，"我想来帮你准备实验室，不过又担心你会对我有不好的印象。这里的女性不太喜欢爱帮忙的男人，是不是？"

她沉默了，突然想起了一件事。她记起小时候，她跟其他孩子一起在街上玩耍时，有个傻老头总在附近游荡，孩子们会追着他唱："傻子来了！"她也会加入。有一天，她比其他人跑得快，将他们甩在了身后，追上了傻老头。他转过身，恶狠狠地盯了她一眼，她掉头一阵风似的跑了，以为傻老头会追上来抓住她。从那天起，她就不再跟其他孩子一起追他了。每次看到他，她都会躲起来，因为他那凶恶恐怖的眼神似乎只针对她。

芙阿达不知道自己为什么会想起这件年代久远的小事，也许因为那个傻老头也有一双鼓起的眼睛，跟房东一样。她环顾实验室，突然意识到自己正单独跟萨迪一起待在这间公寓里。她有点害怕，站起来说：

"我得走了，刚想起一件重要的事。"

他站起来说：

"抱歉打扰你。要我载你一程吗？"

她冲过去开门。

"不了，谢谢，不远。"

他走了出去。她锁上门，抢先一步走向楼梯。他惊讶地问道：

"你不等电梯吗?"

"我更喜欢爬楼梯。"她边说边冲下了楼梯。

* * *

她走在街上,看着商店的橱窗。夜幕很快降临,街灯和商店的灯都亮了起来,她还不想回家。她独自走着,带着寻觅的目光打量往来行人的面孔。她已经沉迷于这种奇怪的习惯:将街头男性的容貌、动作、身材与法里德相比。她还沉迷于一个更奇怪的习惯:做出预测,然后坚信这会成真。她一边走,一边告诉自己:"三辆私家车经过后,会来一辆出租车。我要是看向那辆出租车,就会发现法里德坐在上面。"然后她便开始数着经过的车辆,预测未能应验时,她会咬着上唇说:"谁说这会成真的?这只是个幻觉!"她会继续赶路,不一会儿,又会做出另一个预测。

走到狮子桥大街的尽头,她看到一群人围在一辆车旁。她听到一个声音说:"有个男的死了。"她气喘吁吁、浑身颤抖地横冲直撞,直至挤到躺在地上的男人面前。

她看看他的脸。不是法里德。于是她缓慢而沉重地走出了人群。

她离开狮子桥大街，走向苏莱曼大街。街上人头攒动，她却什么都没看见。她的思绪已飘到远方，只把周围的身体当作疆界，隔开她与这个不停跳动的广袤世界，她本能地知道，每个身体占据着街道上的一部分，她必须避免与之相撞。

随后，她似乎被什么东西挡住了去路。她抬起头，看到一条长队，一直排到街对面，于是她也停下了。

队伍缓慢前移，她发现自己置身一个售票亭，便买了一张票，随其他人走向一扇大门，门背后是一间黑暗的大厅。有人拿电筒照亮她的票，她循着电筒的光找到了自己的座位。

电影刚刚开始。银幕上有一男一女，正在床上拥抱。镜头从他们身上移开，对准床下露出的一只男人的脚，然后又回到了依然在长吻的男女身上。有什么东西爬上了芙阿达的腿，她将它扫了下去，目光没从银幕上移开。

银幕上的吻结束了，男人穿上衣服离开了。女人一言不发，另一个男人钻出床底，拥抱又开始了。

她又感到有什么东西在爬。不像是苍蝇，倒像是蟑螂，因为它没有飞来飞去，而是缓慢地在她腿上爬行。她不想错过电影里的任何一幕，便一边盯着银幕，一边在黑暗中伸出手，想在虫子爬上膝盖之前逮住它。然而她的手指摸到了一个结实的东西，她吓了一跳，看看自己的手，发现自己抓住的是邻座男人的手指。她抓着他的手指，对他怒目而视。他却没有转头看她，而是一直专心致志地看着银幕，仿佛没看到她，好像那不是他的手指。她把他的手指甩到他脸上，差点戳瞎他的眼睛，可他依旧盯着银幕，就像睡着了。她摸索着站起来，迅速离开了电影院。

\* \* \*

她躺在床上，盯着天花板上那个熟悉的小豁口，油漆剥落的地方显得参差不齐。她觉得冷，便盖上被子，闭上眼睛准备睡觉，却没能睡着。她想伸手拿起电话……拨那五个数字，就像她每晚睡前做的那样，但她没这么做，她把脑袋压在枕头上，说道："我必须戒掉这种习惯。"不过，她没能戒掉。她知道响起的只会是冰冷尖锐的铃音，它不再是声音，也不再是空气中的波，而是成了锋利的金属片，刺穿她的耳膜，烙下伤痕。

可是，她已经习惯了每晚都拨那五个数字，将耳朵贴在听筒上，邀请剧痛光临，仿佛这种剧痛能够安慰她，就像病人用火焰灼烧自己的身体，好平息另一种更炽热的火焰，就像每天都要吸毒的瘾君子离不开毒品的味道。

电话铃音、她的抽泣、她的叹息和她的心跳声掺杂在一起，难分彼此。它们混合成一种持续不断、刺穿一切的哨声，在全然的寂静中回荡在耳畔。

她每晚都在等待铃音响起，仿佛它已成了自己的新情人。她知道这只是电话铃音，但它来自法里德的电话，在法里德的家中响起，震颤在他们经常并排坐着的桌前，回荡在他们经常一起躺着的沙发上，搅动着他们曾一起呼吸的空气。

铃音停下了。法里德的声音在她耳畔低语。她感到他的手臂环在自己腰上，他温暖的鼻息呼在自己的颈上。她没忘记，法里德已经离开很久了，可她似乎什么都不知道，什么都记不住，甚至感觉不到自己的头、手和腿。

她所有的感觉都消失了，只剩下两片红肿的嘴唇。

她睁开眼，看向他的眼睛。但这不是法里德，而是另一个男人，浓眉小眼，眼睛是蓝色的。这是她爱上的第一个男人。那时她还是一个小孩。她记不起当时的年纪，只记得那时每天睁开眼睛，被窝是干的。她讨厌尿床，感谢主，一切结束了。主没有被她的感谢迷惑，很快就用另一种湿答答的东西来折磨她，这东西甚至更令人担忧，因为它有颜色，沾在白床单上没法很快晾干。它是深红色的，只有用力搓洗，才能洗掉，她的小手都搓疼了。而且，就算洗完，也没法完全去除污渍，会留下淡淡的黄斑。

她不知道这是怎么回事，因为它有时出现，有时消失，随心所欲。她觉得有人在她睡着时袭击了她小小的身体，要么就是她得了某种恶疾。她向母亲隐瞒了自己身体上的不幸，打算自己去看医生，弄清楚这个秘密。然而，她在水池里洗床单时，被母亲撞见了。她非常羞愧，感到天旋地转，想把床单卷起来藏好。

她看到母亲站在阴影下，用一种她从没见过的眼神看着自己。母亲伸出手，从她手里接过床单，看着白布上的那块红斑，它像个死蟑螂似的躺在那里。她试图否认自己可耻的罪行，但母亲似乎是她的共犯，既不震惊也不生气，甚至一点也不感到意外，仿佛早就料到这桩不幸会降临到她身上，便平静地接受了一切。

芙阿达不敢相信这种平静，它甚至把她吓坏了，她瑟瑟发抖。所以这不是一个灾难。所以这不是一种罕见的突发病。它是寻常事，极其寻常。她越意识到它的寻常，就越害怕。她曾经希望这是某种罕见的东西，罕见的东西她还可以忍受，因为罕见的东西只是罕见，却不会永远持续下去。

她小小的身体开始有了变化。她感到变化像一条柔软的蛇，在自己的身体里游走，它细长的尾巴在她的胸腔和肚子里甩来甩去，刺痛身体的不同部位。这种刺痛既令人疼痛，又令人愉悦。她想知道，这些身体上的感觉为何会让疼痛和愉悦一起光临？不过，她的身体似乎比她更智慧，它对疼痛和愉悦都相当满意，将两者一并收下，既不怀疑，也不惊讶。

她的身体突然起了变化，但这些变化又是逐渐发生的。她感觉到了这些变化，又像是没能发现。正如温暖的空气钻进鼻孔，温热的水慢慢洒在身上，她不会察觉到空气与水的暖意，因为它们的温度与体温相当。

有天她在镜子里看到赤裸的乳房，吃了一惊。平滑的胸部变成两座挺立的山峰，山巅缀着两粒深色葡萄干，它们随她的呼吸而起伏，随她的跳跃而跳动，要不是有那层薄薄的皮肤，它们会从她身上滚落，就像橘子从树上掉落一样。

她跳跃时，感到身后有什么也在跳动。她在镜子前转过身，看到腰部下方的皮肤绷着两个浑圆的驼峰。她继续端详了一会儿自己的身体，它似乎成了别的女孩的身体，或者某个成年女性的身体。她看到，每呼吸一下，曲线与隆起的地方就会不光彩地炫耀一下自己，她羞愧极了。但除了羞愧，还有某种别的情感，它埋藏得很深，裹在浓雾中，像是一种隐秘的快乐或自豪。

为什么这些画面与第一个男人的样子一起留在了她的脑中？为什么其他更重要、更新近的画面消失了，它们却保存了下来？她相信负责记忆的细胞中发生了某种化学反应，一些画面被溶解，另一些画面被强调或扭曲，这样某些记忆就留存下来，另一些则被抹去。是的，某些记忆被抹掉了。第一个男人的下半身就被抹掉了。为什么？她不记得他有下半身。他长着大大的头、小小的蓝眼睛，有肩膀，还有长长的手臂。没有腿，他要怎么走路呢？她不记得曾见过他走路，因为他总是待在窗户后面那间属于他的房间里。个子高的人经过那个房间时，也许可以看到房间内部，但是她很小，只有跳起来才能看到。

她故意在他的窗下跳绳，每次跳起，都会偷看一眼那个房间。她没法看清每一样东西，因为她的脑袋很快就掉下去了，不过她看到墙上挂着一幅画，衣柜上方有个很大的行李箱，桌子上有书。她最喜欢那幅彩色的画，有天她一边在窗下跳绳，一边对他说：

"我想要一幅彩色的画。"

"你进来，我就给你一幅画。"他对她说。

没有母亲的允许，她没法进去。而母亲拒绝了，她坚定地说：

"你长大了，不该在街上蹦蹦跳跳。"

她扑到床上，气得发抖。那一刻她痛恨自己的母亲，嫉妒自己的朋友萨蒂亚，因为萨蒂亚的妈妈生她时就死了。不过，她很快又站起来，提着鞋子蹑手蹑脚地走出门，冲上了大街。

她敲门时心跳得很快。她很开心，因为很快就能得到一幅彩色的画，其实她知道，自己开心不单单是因为画。她想站在房间里，看看它的样子，看看他衣柜的形状，看看他的床和拖鞋。她想摸一摸他的书籍、文件和画，想要触摸每一样东西。

他打开门，她气喘吁吁地走了进去。她站在墙边，不住地颤抖，像被拔了毛的鸡。他跟她说话，但她喘不过气来，无法作答。他走到她面前，她看到那双蓝眼睛就在眼前。她害怕了。凑近看时，他的脸形状奇怪，眼神像野猫般凶狠。他用长长的胳膊将她拉向自己，她尖叫起来，害怕他会杀了她或者扼住她。他扇了她一巴掌，说："别叫！"她更害怕了，叫得更大声。她试图从他的臂弯挣脱，这时敲门声响起。他放开她，去开门，她差点摔倒。门外站着她的母亲。

她睁开眼，发现自己躺在床上，冷得发抖。天黑了，窗户开着。她想象着鬼魂在窗外颤动，虽然她知道那只是尤加利的叶子在狂风中摇摆。她起身走到窗边，又回到床上，钻进毯子里。

她觉得在房间里听到了别人的呼吸，便害怕地躲在毯子下面张望。她的目光落在衣柜旁边一个长长的影子上，差点叫出声来，然后她意识到那只是挂着自己外套的衣帽架。她闭上眼睛睡觉，却感到床下有什么东西在动。她想伸手开灯，但又很怕伸出手就被躲在床底的魔鬼捉住，便蜷在毯子下面，瞪大眼睛，直到睡意像热血一样流遍全身。

\* \* \*

芙阿达醒来时，阳光穿过百叶窗的缝隙钻进了房间。她依然蜷在毯子下面，想在那里待到天长地久。不过她还是站了起来，拖着身体走到镜子前。她气色不好，脸比平时更长了，眼睛比平时大，嘴唇更苍白，嘴唇之间的缝隙也变大了，这令她的牙齿显得更突出。她盯着自己的眼睛看了一会儿，仿佛在寻觅什么东西，然后不高兴地噘起嘴，走进了浴室。她洗了个热水澡，振奋了一点，微笑着看向镜子里的身体。她又高又瘦，手长脚长，感觉肌肉中隐藏了一股力量，一种没使出来的力量，一种被禁锢的力量，她不知道该怎样将它释放出来。她穿上衣服出了门，走在大街上。空气清新，阳光明媚而温暖，一切都在闪烁与颤动，焕发着生机。她大步流星，轻快地摆着手臂，感到浑身充满了力量，渴望拥抱新的一天。但是她要去哪里？去那个充满尿味的阴森坟墓吗？去那个她每天坐六个小时却一事无成的座位吗？这力量与渴望会白白浪费吗？

她看到一匹拉车的马，它雄壮有力地蹬着地面。她嫉妒地看着那匹马。它用力拉车，释放着自己的能量，快乐地迈开步子。如果她是一匹马，她也会这样，拉着她的车，蹄子在地上踢踏作响，快活极了。

613到了，她看着它，一动不动地站着，就像一匹倔强的马。不，她不去部里，她不会把这一天耗在无所事事上，不会把生命浪费在签到上。为了什么？为了每个月领回家的那点钱？就为一点钱出卖自己的生命？在空气污浊的封闭房间里埋葬自己的智慧？是的，就是污浊的空气消耗了她的活力，就是污浊的空气禁锢了她的思想，在想法产生前就将其扼杀。她一直很有想法，经常会想到研究的点子,也往往处于发现新事物的边缘,然而在那个门窗紧闭、办公桌死气沉沉、塞着三颗干瘪脑袋的房间里,一切都萎谢了。

又一辆公交车来了。她差点想上车,不过依然站在那里,紧盯着它。这种时刻每天都会出现,她从没赢过。如果今天她能做到,那么接下来的每天都能做到。如果她能赢一次,这种糟糕的习惯就能被打破。

公交车还在那里,她站在原地,抬头看天。再过一会儿,公交车就会开走,而她没上车。一切就都结束了。天空依然高远,蔚蓝,宁静。什么都不会发生。是的,什么都不会发生。

她深深吸了一口气,大声说:"什么都不会发生。"她把手插在外套口袋里,哼着歌走了。她又惊又喜地环顾四周,就像一个囚犯在多年监禁后又一次在街头出现。她看到一个报摊,便买了一份报纸,扫了一眼头版的标题,然后咬了咬嘴唇。这些标题她每天都能看到,这些面孔、这些名字也是。她看了看页面上方的日期,以为自己拿的是昨天的报纸,或者是上个礼拜或去年的。她翻着报纸,想找到一个新的标题或一张新的面孔,然而一直翻到最后一页，依旧没能找到。她叠好报纸，夹在腋下，却突然想起刚刚在一张照片上看到了一双熟悉的鼓眼睛，就像萨迪的眼睛。她又打开报纸，吃惊地看到了萨迪的照片。她在照片下看到了他的名字：穆罕默德·萨迪，筑建最高董事会主席。她下意识地抚了一下那双眼睛，仿佛它们从报纸上鼓了出来，虽然纸张柔滑而扁平。

她阅读照片下的文字，它详细描述了萨迪和董事会成员的一次会议，这些话她似乎看过很多遍。她经常在报纸上读到萨迪的名字，看到他的照片。芙阿达惊呆了，她从没将这些东西跟自己认识的房东萨迪联系在一起，她从没想过这个萨迪能成为报道的对象。她又看了一眼那张照片和那个名字，然后折好报纸，夹在腋下。

她抵达大楼时，门卫正坐在太阳底下的长凳上，一见她，便跳起来冲向她，递给她一张小纸条。她打开纸条，读道："我今天下午六点会来。有要紧事。萨迪。"她进了电梯，用手指把玩着纸条，下意识地将它撕成了碎片，然后抛出了电梯的铁栅栏。

他今晚六点会来。有要紧事。什么事这么要紧？在她看来，什么事才是要紧事？研究的事？法里德的下落？政府大楼塌了？这就是她的生活。除此之外，没有什么事是要紧的。可是，萨迪对研究、法里德或政府部门一无所知，那他来这儿是为了什么要紧的事呢？

她进了实验室，穿上白大褂，把闪闪发光的玻璃杯和容器放到桌上，打开加热器，抓起金属钳，准备拿起试管。然而，她转念一想，又把它放在了木架上，试管笔直地站着，管口空空，对着空气。

她凝视了空试管几分钟，坐下来抱住头。从哪里入手？她不知道，完全不知道！化学从她脑中蒸发了。她阅读时、在大学实验室做实验时、走在大街上时或睡觉时，脑中总是充满了各种各样的想法。这些想法去哪儿了呢？它们在她脑子里。是的，它们在那里。她能感觉到它们的动作，也能听到它们的交谈。它们聊了很久，得出的结论令她大吃一惊。

她经常会产生新的想法，这令她几乎高兴得发狂。是的，几乎发狂。她环顾四周，看到来来往往的人，仿佛外星生物。她呢？她不一样！她的脑中有某种别人脑中没有的东西，某种会令科学家倾倒的东西，某种可能会改变世界的东西。一辆轿车差点撞到她，也许是一辆公交车，她吓了一跳，跳上人行道，小心地缘墙而行。她的生命差点断送在车轮下，带着那些想法一起。她疾走几步，想在意外降临之前，把自己的想法公之于世，她几乎跑了起来，然后便真的气喘吁吁地奔跑起来，最后她停下来环顾四周。去哪里呢？她要跑去哪里呢？她突然发现自己不知道，根本不知道！

她关掉加热器，脱下白大褂，走上大街。手和腿的摆动令她放松下来，驱散了脑中的压力，也释放了体内无处发泄的能量。她注意到一家商店里有电话，便立刻停下了。为什么他们不把电话收在不那么显眼的地方呢？为什么非得这样展示它们呢？要是没看到电话，她就不会想起来。她伸手拿起听筒，把手指伸进拨盘，开始拨号。铃音在耳中回响，尖锐、响亮、没完没了。她轻轻放下听筒，走了几步，然后突然停下了，自言自语道："是法里德吗？是因为法里德离开了吗？为什么一切都变了？为什么一切都变得难以忍受？"法里德在的时候，她的生活也是如此，只是法里德让一切变得可以忍受。她会看着他闪闪放光的眼睛，感到尘世间的一切都一文不值。政府部门变成了小小的老旧大楼，研究变成了空想，发现，甚至发现也变成了苍白而幼稚的梦想。

法里德曾经吸收了她的痛苦与梦想，所以跟他在一起时，她既没有痛苦，也没有梦想。跟他在一起时，芙阿达成了另一个人，变成了一个没有过去和未来、活在当下的芙阿达，法里德就成了她生命中的每一刻。

他是怎么占满她的每一刻的？一个男人怎么成了她生命的全部？一个人怎么会耗尽了她所有的注意力？她不知道这一切是怎么发生的。她不是那种会把生命献给另一个人的女人。她的生命太重要了，不能把它献给一个男人。毕竟，她的生命不属于自己，而是属于这个世界，属于这个她想改变的世界。

她焦虑地四下张望。她的生命属于这个世界，属于这个她想改变的世界。她看到人们匆匆赶路，车辆疾驰而过，世上的一切都四处奔忙，没有止息。只有她停了下来，然而，这对周遭的推搡与繁忙毫无意义。她停下来有什么意义呢？沧海一粟能做什么？她是沧海一粟吗？她是那一粟吗？是的，她是，大海包围了她，海浪汹涌，一浪高过一浪。一粟能打败海浪吗？一粟能改变整个海洋吗?她为什么活在这种幻觉里?

她喘了口气,缩进外套,低头前行,一路沉思,就这样到了家。她走进家门,扑到床上,和衣而睡。

* * *

她睁开眼睛,看看手表。七点钟了。她在被子下伸展双腿,感到关节一阵疼痛。她闭上眼,想继续睡觉,却睡不着了。她已经连续睡了四个小时,以前她在白天从没这样。然后她记起这段睡眠并不连贯,五点钟她醒了一次。她没有忘记跟萨迪的六点之约,但是她把眼睛闭上了,告诉自己还有一个小时。六点一刻,她再次醒来,伸出手,准备掀开被子起床,却把被子拉过头顶,喃喃自语道:"迟一会儿又怎样?"下一次她睁开眼已是七点整。

她在被子底下伸展四肢,想象着萨迪拖着巨大的身体和纤细的双腿,站在实验室门口按门铃,却没人应门。她很愉快,睡眠让她永远摆脱了萨迪。

这种感觉令她浑身充满能量。四肢的疼痛消失了,她起床穿衣，走出家门。下楼时她看到母亲打开了门上的窥视窗。窄窄的铁栅栏后是母亲苍白的脸，脸上沟壑交错，就像皱巴巴的书页。

芙阿达听到她虚弱的声音响起："你要去实验室吗？"

"是的。"她答。

"要待到很晚吗？"

"不知道。"她心烦意乱地说。她想问母亲一件事，却只是沉默地看了看母亲，然后下了楼，走上大街。

空气清冷稠密，不过夜色更加稠密。她缓慢而小心地走着，仿佛怕撞上什么东西，仿佛一部分黑暗已经凝固，成了她前行路上的障碍。她加紧脚步，想赶快穿过黑暗的街道。她路过花园，闻到茉莉的香气，心颤抖起来。为什么她还能嗅到他的味道？为什么她仍会觉得自己的脖子上印着他的嘴唇？为什么她依然记得被他亲吻的滋味？为什么这些东西仍然留在她身边，而他自己却消失了？消失了——肉体、骨头、体味、嘴唇，他的一切。那么这些东西——这些关于他的切身记忆，为什么留了下来？

不过，它们留下来了吗？难道这种体味不是她自己的吗？这种抚触不是来自她的肌肤吗？这种滋味不是源自她的唾液吗？为什么他的一切和自己的一切似乎纠缠不清？会不会他是她的一部分，或者她是他的一部分？她摸了摸自己的脑袋和四肢。会是哪部分呢？她摸了摸自己的肩膀、胸脯和肚子。突然，她意识到自己身处一条宽阔明亮的马路，许多目光落在她身上，便匆忙走向公交车站。

她搭车到解放广场，然后步行去狮子桥大街。触目是远处的大楼，她的心猛地一跳。实验室也成了难以忍受的东西，那些空试管张着嘴，空着玻璃管身，排列在木架上，一边等候，一边炫耀着自己毫无意义的存在。

她打开实验室的门，走了进去。地上有一张纸条。她捡起来，读起上面的责备："我六点钟来过，没找到你。九点我会再来。萨迪。"她看了看钟。现在是八点半。她走向门口时，门铃响了，她犹豫着，在门后站了一会儿，没有开门。门铃再次响起，她问道："谁呀？"外面传来门卫的声音，她深吸一口气，打开了门。门卫身边站着一男一女。

"他们在找化验室，我就把他们带来了。"门卫说道。

她把他们带到等候室坐下，进研究室穿上白大褂，然后又走了出来。

"我们是来化验的，想看看我妻子的不孕症。"男人简略地说道。

他指着自己身边坐着的女人，她低着头，沉默不语。

"你看过医生吗？"芙阿达问那个女人。女人沉默地看着她，男人答道：

"我带她看过很多医生。她做了很多次化验和 X 光，但是没能找到原因。"

"你自己做检查了吗？"芙阿达问他。

那个男人震惊地看着她。

"我？"他厉声问道。

"是的，你，"她平静地答道，"有时候问题出在男人身上。"

男人站起来，扯着妻子的手，吼道：

"这是什么话！我们走。"

他本打算拉着妻子离开，那女人却没动。她站在那里，瞪大眼睛，一眨不眨地盯着丈夫，仿佛她已经死了，僵在了那个姿势。芙阿达紧张地走到女人身边,拍拍她的肩膀,说:"跟你丈夫走吧,夫人。"

女人吓了一跳,像触了电似的,她用尽全力抓住芙阿达的手臂,哽咽着喊道:

"我不跟他走!帮帮我!他每天都打我,还带我去看医生,他们把金属叉捅进我体内。他们什么都检查过了,什么都化验过了,他们说我没得不孕症。他才是有病的那个!他才不育!他们十年前把我嫁给了他,到现在我还是处女。他不是个男人!关了灯,他都分不清我哪里是屁股哪里是头!"

男人像猛兽般扑向她,手脚并用地揍起她来,甚至连头都用上了。女人也开始还手。芙阿达害怕地躲开了,喃喃自语道:

"他疯了!他会在我的实验室里把这个女人打死的!我该怎么办?"

她冲出门,冲到走廊里,想喊人帮忙。电梯门突然开了,萨迪走了出来。

她惊慌地说:

"里面有个男人在打女人。"与此同时,一阵尖厉的喊叫传了出来，萨迪冲进实验室。女人躺在地上，男人正在踢她。萨迪用一只手抓住他，用另一只手扇了他几个巴掌，然后把他和女人都扔出了房间，摔上了门。

芙阿达一动不动地站着，听着他们在楼梯上一边高声喊叫，一边互相殴打。她走到门边，想看看男人把女人怎么样了，他们的声音却停住了，楼道里安静了下来。她走到窗边，想看看他们是怎么离开大楼的。她以为女人不会自愿离开，可令她惊讶的是，男人先走了出来，女人跟在后面，低着头，一言不发，就跟事情发生之前一样安静。芙阿达一直盯着她，直到她的身影消失不见，然后芙阿达离开窗口，陷进一张椅子，沉思起来。

萨迪一直在看她，见她坐下来，他便也在她旁边的椅子上坐下来。

"你好像为那个女人难过。"他微笑着说。

她叹了口气，说：

"她很可怜。"

他说话时，鼓鼓的眼睛不停闪烁：

"你在实验室里看到的人，并不会比其他人更惨。但你对此无能为力。"

他指指头顶，说道：

"他们还有神。"

"有没有哪位神能带走人类身上的错误？"她烦躁地说道。

她不知道自己为什么会说出这句话，因为这话不是她的原创。这是法里德的话，她以前经常听他这么说。这句话令她想起法里德，她的心一沉。她低下头，沉默而沮丧。她听到萨迪说：

"你好像因为那个女人的事而心烦意乱。"

她依然沉默。他站起来，朝她走了几步，说：

"你对每个人都很好……"

他停了一会儿，然后不安地说道：

"……除了对我。"

她惊讶地抬头看他。他尴尬地笑了一下，说道：

"你为什么错过了我们的约会？是很忙吗？还是说所有女人都喜欢这样？"

"所有女人"这个词在她耳中响起。

"我不像所有女人。"她反驳道。

"我知道你不像所有女人，"他抱歉地说道，"我非常清楚这一点，也许已经太清楚了。"

她张开口，想问他是怎么知道的，却又闭上了嘴。沉默了好长时间后，她问：

"你说的要紧事是什么？"

他坐下来，说道：

"昨天我在一个晚宴上遇到了化学部副部长。他是我的多年老友，我记得你在化学部工作，所以跟他提到了你。"

"他不认识我。"她说。他笑着说：

"他对你很熟悉，跟我说了好多关于你的事。"

"奇怪了。"她惊呼道。

"他要是不认识你才奇怪！"他说。

"为什么？"她问道。

"因为他懂得欣赏美。"

她生气地瞪着他，说：

"这就是你的要紧事？"

"不，"他答，"我向他打听你的时候，他告诉我，你是一个非常优秀的员工，写的报告很精彩。"

她狐疑地笑了。他说：

"听他满腔热情地聊着你,我想到了一个主意。我的董事会需要一个化学研究员。"

"什么意思?"她说。

"我的意思是,我可以把你调到我这儿,董事会。"

"到你那儿?"

"我这儿的工作没有部里多,"他继续说道,"事实上,你什么都不用做。董事会里没有化学研究室。"

她震惊地看着他,说:

"那我要做什么?"

他笑了:"就待在我的办公室里。"

她跳起来,头晕脑涨,牢牢盯住他那双闪烁不定的鱼泡眼,说道:

"我不是那样的人,萨迪先生!我想工作!我想做化学研究!为了成为一名研究者,我愿意付出生命。"

她陷入了沉默,片刻后用力咽了一口唾沫,说道:

"我讨厌化学部!憎恨它!因为我在那里无所事事。我不知道为什么我的报告会很精彩,因为我六年来什么都没干过!我不会去董事会,也不会去化学部。我会递上辞呈,全身心投入我的实验室。"

他的眼神阴郁起来，低下了头。彼此沉默良久。芙阿达站起来，走到窗边，然后又走回来，在椅子边缘坐下，仿佛准备再次站起来。他从厚厚的镜片后凝视着她，右眼下方有一小块肌肉在不停跳动。

"我没法理解你为何生气，"他柔声说，"你眼中含着悲伤，内心藏着痛苦，我不知道为什么。你这么年轻，不该如此痛苦，可你似乎有过惨痛的经历。可是，芙阿达，生活不该如此较真。你为什么不能随遇而安呢。"

他走到她坐的地方，她感到他那双柔软的胖手搁在自己肩上，便跳起来走到窗边。他跟在她身后，说道：

"为什么要把青春浪费在这些烦心事上。你看，"他指着下面的街道说道，"看看你这样的年轻人都是怎么享受生活的，而你，你待在实验室里，埋首化验与研究。你在寻觅什么？有什么你想要的东西是楼下的那个世界无法给予的？"

她俯瞰街道。灯火、人群、车辆，全都生机勃勃地移动着，光彩熠熠，微微荡漾。可这种生机离她很远，将她隔绝在外，就像电影院银幕上移动的画面，讲述的不是她的生活，不是她的故事，不是她的性格。她孤身一人,与世隔绝,被囚禁在一个圆圈里,这个圆圈屡屡威胁道,它要压垮她的身体。

她听到萨迪的声音仿佛从远处传来。

"你看上去累了,"他说,"脱掉白大褂,我们出去呼吸一下新鲜空气。"

"今晚参政委员会有个会议,"他看看手表,继续说,"不过我不去了。这些政治会议非常无聊。喋喋不休。每次都这样。"

她突然想起,报纸上有很多关于他的报道和照片。

"你显然是政治活动的常客。"

"为什么这么说?"他问道。

"我好像看过不少这类报道。"

他大笑一声,厚厚的镜片上反射着灯光,他说:

"你相信自己在报纸读到的吗?我以为现在的人已经不相信报纸上写的东西了。人们只是习惯性地翻翻报纸。你每天都看报纸吗?"

"我看,也不看。"她答道。

他笑起来,露出黄牙。

"你真正会看的是什么?"他问。

她叹息着答道：

"化学。"

"你谈论化学时，就像谈论心爱的男人。你谈过恋爱吗？"

她像被兜头泼了一盆冷水，想起自己正和萨迪一起站在窗前，整个实验室既空旷又安静。她看看钟。十一点了。怎么会这样？她不是想在他来之前就离开实验室的吗？她记起来，是因为那一男一女的事。但是之后她难道不能立刻离开实验室吗？她瞥了一眼萨迪。他肥胖的身体倚在窗上，全靠两条细细的腿支撑，那双腿就像一只大鸟的腿。他的眼睛——她觉得就像青蛙的眼睛——在厚厚的镜片下打量着她。她惊慌地环顾四周，脱下白大褂，朝门口走去：

"我得回家了。"

他看上去很惊讶，说道：

"我们聊得好好的。怎么了？我的问题惹你不高兴了吗？"

"不，不，"她说，"我没有不高兴，只是我母亲一个人在家，我得立刻回去。"

他跟着她走到门口，说：

"我可以载你一程。"

她边开门边说：

"谢谢，我乘公交车就行了。"

"公交车？夜里这个时候？绝对不行！"

他们到了一楼，他先她一步，走向那辆长长的蓝色轿车，为她打开车门。她看到门卫立刻恭敬地站了起来。她犹豫了一下，想跑开，却没能做到。车门开着，这两个男人在等她上车。她坐上去，萨迪关上车门。然后他匆匆走向另一侧，打开车门坐进去，发动了引擎。

街上空空荡荡，只有几个行人和几辆车。空气又冷又湿。她看到一个男人站在烟亭门口。她浑身一颤，正要大喊："法里德！"那个男人转过身，她看到了他的脸。不是法里德。她缩进外套，突然冷得发抖。萨迪看了她一眼，说：

"认识的人？"

"不是。"她有气无力地说。

"你住在哪里？"他问。

"道奇街……"她告诉他街道和门牌号。

轿车穿过狮子桥大街。她看到开罗塔耸立在黑暗中，就像一个巨大的外星生物，它脑袋上的红眼睛闪烁不停，一直在转。她看着那旋转、闪烁的球，感到头晕目眩，眼中出现了两座塔，它们有两颗不停旋转的头。她揉了揉眼睛，第二座塔消失了，只剩下一座塔的头在旋转。接着，第二座塔又出现了。她又揉了揉眼睛，想让它消失，可它还在那里。她用余光瞥了一下萨迪，看到他也有两个头。她颤抖起来，把脸埋在手里。

"你累了。"她听到萨迪在说。

她抬起头，答道：

"我头疼。"

她看向窗外。夜色稠密，现在她只看到一片漆黑。她突然想起自己曾经读过一篇文章，文章里的男人总在追求女性，然后带她们去阴暗偏僻的地方，将其杀害。她偷偷瞥着萨迪——他鼓鼓的眼睛盯着前方，粗壮的脖子靠在椅背上，又细又尖的膝盖……当他转头看她时，她便看向窗外。屋子都是黑漆漆的，百叶窗都合上了。窗户里没有一丝灯光。街上一个行人也没有。

她为什么跟他一起上了车？他是谁？她不认识他，

对他一无所知。她醒着吗，还是在做噩梦？她用指甲掐了掐自己的大腿，想看看这是不是梦。

车似乎停下了。她颤抖着移到车门边。她听到萨迪的声音说：

"是那儿吗？"

她看向车外，看到了自己的家，松了一口气，喊道：

"是的，就是那里！"

她打开车门，跳了出去。他也下了车，跟她一起走到门口，楼梯很暗。

"你累了，"他说，"楼梯很暗。要我陪你上楼吗？"

"不用不用，谢谢，"她赶忙说，"我自己上楼就行了。"

他伸出一只粗短的手，说：

"我明天能见你吗？"

"我不知道，不知道，"她不安地说，"我明天可能不会出门。"

他的眼睛在黑暗中闪烁：

"你累了。我明天打给你。"他笑着，接着说：

"别让化学研究把你累坏了。"

她双腿颤抖，一边爬楼一边想象着萨迪跟着自己一起上来了。很多罪行就发生在漆黑的楼梯间。她气喘吁吁地走到家门口，掏出钥匙，手指颤动着摸索锁眼。她打开门走进去，迅速地在身后关上了门。听到母亲均匀的呼吸，她安下心来，但依然冷得发抖。她穿上一件厚厚的羊毛衫，缩在床上，牙齿打战。然后她闭上眼睛，失去了意识。

* * *

早上醒过来时，她听到母亲在说话，但听不清母亲说的是什么。她看到母亲焦急地看着自己，想把头从枕头上抬起来……它太重了……里面有什么坚硬的东西在横冲直撞，挤压着头骨，发出机器般的声音，像金属一样叮当作响。她环视房间，看到了衣柜、窗户、衣帽架和床边柜上的电话。她张开嘴，想说话，喉咙一阵剧痛，没能发出声来。母亲满是皱纹的脸凑近她，对她说：

"你想要电话吗？"

她摇摇头。

"不，不，"她嘶哑地说，"拿走，拿去客厅。我不想看见它。"

母亲拿起电话，抱在胸口，像是抱着一只死掉的黑猫。芙阿达听到，母亲进了客厅，又走了回来。

她把头埋在被子里，听到母亲说：

"我夜里听到你在咳嗽。你感冒了吗？"

她在被子底下答道：

"好像是的，妈妈。"

她动了动嘴里焦干的舌头，感到一阵苦意从舌头滑到了胃里。她想把它吐出来，从枕头下面扯出一块手帕，一边咳嗽，一边擤着堵塞的鼻孔。有个坚硬的东西刮着她的喉咙，像是一块卵石。她又是擤鼻涕，又是咳嗽，可它就是出不来。随着她的呼吸，卵石向胸腔深处移去。

母亲说了什么，她没听清便答道："是的。"她听到母亲拖着脚步，走出房门。她在床和被子之间掀起一条缝，好让空气进来，然而一束窄窄的光线也跑了进来。她看到枕在头下的手，手腕上戴着表。她瞥了一眼指针指向的数字，记起了化学部。她合上缝隙，黑夜又回来了。

是的，就让黑夜回来吧，让它留下来。让周围的光线变暗，让白天永远消失。白天有什么用呢？从家到化学部，从化学部到实验室，从实验室到家，永远的循环。这有什么意义？在圆圈里打转有什么意义？挥动手臂、迈开腿脚有什么意义？消化和血液循环有什么意义？她记得萨迪说："你在寻觅什么？有什么你想要的东西是楼下的那个世界无法给予的？"她不想从这个世界上获得任何东西，什么也不想要，甚至不想要钱。她要钱来干吗呢？在这个世界上，女人用钱干吗呢？买昂贵的裙子？可是昂贵的裙子有什么用？她不记得自己的任何裙子，不记得法里德曾经看过它们一眼。她从不觉得衣服在蔽体之外有任何价值。

除了买裙子还能做什么？在这个世界上，女人除了用钱买裙子，还能做什么？买珠宝和粉底？女人用来遮盖面孔、隐藏活人肌肤上的血管的白色粉底？活人肌肤上的血色被抹掉后，还剩下什么？只剩下呆板的死人的皮肤，石灰一般，毫无生气。

除了粉底、裙子和珠宝呢？女人想从这个世界上得到什么？去电影院？拜访同性友人？家长里短、争风吃醋，或是恨嫁之情？

这些她都不想要。她不买化妆品，不去电影院，没有同性朋友，也不恨嫁。那么，她寻觅的是什么？

她把头埋在枕头里，害怕地咬紧牙关。我想要什么？我想要什么？我为什么不想要别的女人想要的东西？我难道不是跟她们一样，也是个女人吗？

她稍稍掀开脸上的被子，看到了自己纤细的手指和指甲，跟母亲的一样。她摸摸自己的肌肤和身体，就像母亲的肌肤和身体。她的确是个女人，那她为什么不想要别的女人想要的东西。为什么？

是啊，为什么，为什么？她不知道。是因为化学吗？可她是唯一学习化学的女性吗？是因为居里夫人吗？可她是唯一听说过居里夫人的女性吗？是因为化学老师吗？可化学老师去哪儿了？她对她一无所知，离开学校后就再也没听过她的消息。她的生活难道建构在某位无名女士的一句话上吗？是因为母亲吗？母亲了解屋外的世界吗？是因为法里德吗？可法里德去哪儿了？他是谁？她不认识任何他的相识，不知道他住在哪里，甚至不知道他是否真的存在过。也许他只是一个幻象，或一场梦?他消失了,而且因为他消失了,她要怎么分清梦境与现实呢?要是他曾写下一张字条,她就能确定了。是的,只要有一张字条,她就能知道,靠她自己的脑袋、手臂、腿,她什么也不会知道。不管是她的身体,还是她的脑子,都一无所知。她脑中的一切都被简化成毫无意义的沉闷声响,变成了无聊而持久的嗡嗡声,就像万物静默时人们能听到的那种声音。

是的,她摊在被子下的身体丧失了一切能力,只剩下全然的寂静。寂静,只有寂静。它什么都没法说。从她口中说出的话不属于她自己,只是她从前听过的话的回音,是别人的话,是法里德、母亲、化学老师说过的话,或者她偶尔在书上读到的话。是的,这具身体只会重复它听过或者读过的话,就像一堵墙,只能发出回声。

她被子下的身体沉重迟缓——像一块石头,她觉得热,浑身大汗,鼻子里流出了温暖黏稠的东西。她从枕头下面抽出手帕,用力擤鼻涕。它像坏掉的水龙头,不停滴着水。她不是一堵洁净干燥的墙,而是一堵渗漏的墙,不由自主地渗出有害的液体。

她踢开被子,也想甩开自己的胳膊、腿、整个身体，可它牢牢攀附着她，与她密不可分。它沉重地压着她，带着污秽的液体，就像另一个人的身体，就像一个陌生人。

一个陌生人，跟她在街头遇上的人一样陌生，跟门卫和萨迪一样陌生。她打了个寒战。是的，一个全然陌生的人，它吞咽着食物，却浑然不觉。有时她听到胃里有声音，就像猫叫，她仿佛不知道胃里发生了什么，那么多食物都跑了进去。它像一个磨，不停旋转，不停碾压坚固的东西。除了旋转和碾压，别的什么也没有。什么也没有。

还能有什么？在迷雾中召唤她的幻象？试管口腾起的一种新气体？新气体能有什么用？一种新型氢弹？一枚新核弹头火箭？这个世界还缺什么？一种新的杀戮手段？

为什么要杀戮？难道其他办法都没有用了吗？什么才能消除饥饿？疾病？苦难？压迫？剥削？是的，是的，这儿有一堵墙，重复着从法里德那儿听来的话。你了解饥饿几分？了解疾病几分？你了解苦难或压迫几分？了解剥削几分？你了解这些东西几分呢？你了解那些自己对别人说的东西几分?你甚至没有生活在人群之中。你远远地看着他们,审视着他们的动作与房屋,仿佛他们是空白银幕上移动的画面。你挨过饿吗?你见过挨饿的人吗?在化学部门口的人行道上乞讨的女人,她腿上坐着一个小孩,你看见她了吗?你直视过她的眼睛吗?你不是只看到了她被阳光晒伤的后背吗?你不是嫉妒她吗?

你对此了解几分?那为什么还要坚持生活在幻想里?你不是跟其他人一样吃喝拉睡吗?你为什么不像别人那样?为什么?

是的,为什么,为什么?为什么你不像别人那样,平静地接受生活本来的模样?为什么不能随遇而安?甚至连这些话也不是你说的。难道这不是昨天晚上你在实验室从萨迪那里听来的问题吗?你为什么要悄悄把所有的话收藏在心里,甚至是萨迪的话?你多蠢啊!难道你不能自己说点什么吗?

芙阿达听到母亲的声音,醒了过来。她看到母亲站在身边,青筋遍布的瘦手里端着一杯茶。她看着母亲起了皱纹的修长手指。她自己的手指跟母亲的手指一样修长，也会变得皱巴巴的，长出粗大的关节，像干枯的树枝一样。她抬起头，看见母亲长满皱纹的脸，她的嘴唇没合上，一样的缝隙，一样的牙齿。就让同样的皱纹爬上自己的脸吧。让她的腿也变得动作迟缓，让她的步伐也日渐拖沓。

她无力地伸出手，接过那杯茶。母亲坐在床边，看着她。她为什么沉默？她为什么不说点什么？她为什么没有向天空举起双手，重复过去的祈求？梦想消失了，幻觉不见了。她没能生出一个自然的奇迹。谁跟她说过她会？为什么会是她？为什么会是她的子宫？每天有数百万子宫生产，是谁把那个幻觉放进了她的脑中？也许她是从自己的母亲那里继承了这种幻觉，就像芙阿达从她那里继承了这种幻觉。家族中一定有某位女性觉得自己的子宫与众不同，于是首创了这种幻觉。某个人创造了它，一定有那么一个人。

她听到母亲在问：

"怎么了，芙阿达？你为什么不说话？"

她的声音忧伤极了，她想哭，但是忍住了眼泪，开口说道：

"我头痛得厉害。"

"要我给你拿片阿司匹林吗?"母亲问道。

"好的。"她点点头。

母亲走回客厅,这时电话响了。芙阿达颤抖着跳下床。是萨迪吗?她站在门口看着电话。母亲走过去,想接电话,她大叫道:

"别接,妈妈!我不想跟那个人说话……"

然而,她突然想到,也许是法里德打来的,便冲到电话旁。她拿起听筒,喘着气说道:"你好。"对面传来了萨迪油腻的声音,她瘫坐到椅子上,浑身无力,死气沉沉。

# 3


芙阿达离开化学部,走在生锈的铁栏杆下。她脑袋昏沉,心在抽搐。她看到坐在人行道上的女人,女人把孩子抱在胸前,伸出空空的手。街道喧哗拥挤,然而没人注意到这条伸出的胳膊。有人推开女人,好继续赶路,匆促间另一个人踩到了她。芙阿达经过时听到孩子在哭,看到那瘦骨嶙峋的小身体上,眼窝凹陷,颧骨突出,一张小嘴徒劳地噘着,想要吮吸女人胸前挂着的皱巴巴的褐色皮肤。

她把手伸进口袋,想掏出一皮阿斯特,然而手放在口袋里没动。她抬头看向街道。长长的轿车一辆接一辆,每辆车里都有一个映着街灯的脑袋和一截肥胖的脖子,跟萨迪一样。

她掏出一皮阿斯特,将它在手心里握了片刻。一皮阿斯特有什么用?它能让那个瘦骨嶙峋的小身躯多长点肉吗？它能让那块皱巴巴的皮肤上流出乳汁吗？她咬着嘴唇。她能做什么？一个消除饥饿的化学实验室？为数百万人发明一种能代替食物的气体？

她让一皮阿斯特从自己的指尖掉进那个张开的空空的手掌。一皮阿斯特毫无用处，但就当是日行一善，以抚慰自己的良心。付出微不足道的代价，然后忘记它。

这又是法里德的话。他的声音在她脑中隐隐作痛。她的眼睛寻觅着他闪闪发光的棕色眼睛。周围有很多双眼睛，为什么非得寻觅他的眼睛？当她近距离凝视他的眼睛时，不会像凝视别人的眼睛，甚至凝视母亲或自己的眼睛时那样震惊。她盯着镜子里自己的眼睛时，熟悉的形状消失了，仿佛这是一双不知名动物的眼睛。然而法里德的眼里有种奇怪的光晕，既奇怪又熟悉，还会变得越来越熟悉，变得一点也不奇怪。当他们之间的距离消失，彼此触碰时，她感到全然安全。

这都是幻觉吗？她的感觉背叛了自己吗？如果她的感觉说了谎，那她还能相信什么？白纸黑字？一份经政府盖章的官方文件？一式两份的证书？她还能相信什么，如果她的感觉也会说谎？

她突然停下来问道：什么是感觉？她能摸到它们吗？她能看到它们吗？她能闻到它们吗？她能把它们放进试管化验吗？感觉，不过是感觉，她脑中某种无形的运动，就像幻觉，就像梦境，就像某种隐秘的力量。她那经过科学训练的头脑能相信这种无稽之谈吗？

她茫然地环顾四周。感觉是真还是假？为什么她直视法里德的眼睛时会觉得他很熟悉，而她看向萨迪的眼睛时会觉得他是个贼？那是幻觉，还是认知？是眼神经的随机运动，还是脑细胞的清醒运作？她要怎么区分两者？她要怎么区分受压神经的错误震颤和脑细胞形成的健康想法？脑细胞是如何思考的？一小堆细胞质怎么会思考？想法从何而来？它是怎么穿透细胞组织的？像电流一样吗？还是一种化学反应？

她抬头张望，看到大楼上写着自己名字的白底黑字的招牌。她的心收缩起来。张开大口的试管——空的，燃烧着空气与自己的火舌，还有万物寂静时在她耳边持续回响的鸣音。

是的，那是个实验室。可它不再是一个实验室了。它成了一个陷阱，诱捕着她的无能和愚蠢，诱捕着寂静，诱捕着她脑中的虚无。

她经过大楼入口，没有进去，继续走了几步，然后停了下来。她要去哪里？到处都跟实验室一样，成了诱捕她的无能、寂静和耳中鸣音的陷阱。家和化学部，电话和街道，一切都坚定不移地勾连在一起。

她折返大楼，准备去她的实验室。没有出路。陷阱张开它的大口，她走了进去。萨迪过会儿就来。他一定会来，来实验室，或者别的什么地方。他知道她的一切：电话号码、家、化学部和实验室。他会开着他长长的蓝色轿车过来，带着他的鼓眼睛和肥脖子一起来。他一定会来，地球为何没有失去平衡，试管架为何没有震动，空试管为什么没有摔碎？为什么地球如此完美地转动着？为什么它的平衡未被打破，哪怕只有一次？

她进了实验室，穿上白大褂，现在正站在窗边看向街道，观察着来往车辆，仿佛在等他，在等萨迪。她确实在等萨迪。她看到那辆蓝色的车在大楼前停下，萨迪拖着他肥胖的身体和细细的腿走了出来。

她拖着双脚，走到门边，注意到旁边镜子里的自己。她的脸更窄更长了，眼神呆滞，眼窝凹陷，嘴巴的缝隙更宽了,牙齿也更突出,就跟母亲的一样。

她合上嘴,藏起牙齿,咬紧牙关。她磨着牙,发出金属摩擦的声响。门铃响起时,她抡起拳头做了个严厉的手势,说:"我不会开的……"她一动不动,悄无声息。门铃又响了,她呼吸加快,喘个不停。然后,她颤抖着打开了门。

\* \* \*

他柔软的手上拿着一个小包裹。他咧开上唇,露出大大的黄牙,鼓眼睛在厚镜片下闪烁着。

"一个小礼物。"他边说边把包裹放在桌子上,坐了下来。

她依然站着,盯着包裹上细细的绿丝带。

"打开吧。"她听到他嘶哑地说道。

他给她下达了一个命令,他觉得自己有权对她下达命令,他买下了这个权力,便可以使用它。她看着他的眼睛。这双眼睛比平时更沉着,仿佛他开始有了信心。他要送她东西,既然为她花了钱,现在他可以从她这里买走点什么了，买走任何东西，甚至是命令她打开包裹的权力。她站着没动。

他起身，自己打开了包裹，走到她身边，把一个盒子放到她眼前，说：

"你觉得怎样？"

她看到一个东西在红丝绒上闪闪发光。

"我不懂这些。"她心不在焉地说。

他惊讶地盯着她，说道：

"这是真正的钻石。"

他的脸凑近了一些，她看到他的鱼泡眼里蒙着一层阴影，盖住了自然的光彩。

他也许花了很多钱，也许不止一百镑，但这对她来说有什么价值呢？

她用不上这些东西，她不戴戒指，不戴手镯，也不戴项链。连包覆身体的皮肤都令她厌烦，她怎么会在四肢上再戴上别的锁链呢？如果她连自己的肌肉与骨头都嫌重，又怎么会用金属链条之类的东西来拖累自己的四肢呢？

他凑得更近了，重复道：

"这是真正的钻石。"

她沉默地微笑着。他永远也不会明白。对她来说，一颗真正的钻石毫无用处。一颗钻石跟一块锡或一块玻璃有什么分别？地球会分辨这些东西吗？

他的眼中又出现了熟悉的震颤。

"什么礼物才能取悦你？"他泄气地咕哝道。

她不知道该如何作答。法里德给过她什么礼物？法里德给过她礼物吗？她不记得他曾给自己买过任何东西。没什么可买的。她能买什么？他的话？他说话时的语气？眼里的光芒？呼吸的温度和唇上的甜蜜？

萨迪将一只柔软肥胖的手放在她的肩上，说：

"我要送你什么，才能让你开心起来？"

她缩了一下肩膀，躲开那只手。她转过身。他能给她什么？他能给她试管里跑掉的东西吗？他能给她那个消失了的想法吗？他能让她脑袋里那个响个不停、毫无意义的尖锐鸣音停下吗？有天她拿起听筒，铃音会停下吗，她寻觅的那个人的声音会传来吗？

她看着他。他用颤动的手指将盒子放回口袋。他什么也没法做，她能对他说什么呢？她低着头走了几步，然后压低声音说道：

"我们出去吧。我透不过气。"

\* \* \*

长长的蓝色轿车载着他们在开罗的街道上穿行。他们始终沉默，直到车驶到了金字塔附近的郊外。她听见他近乎唐突地说道：

"你的生活中有我不明白的秘密。为什么不对我敞开心扉呢？"

她瞥了他一眼，然后盯着宽广的沙漠说道：

"我不知道我的生活是否有秘密，或者说，是否有意义。我只是像动物一样吃和睡，没法为任何人做点有用的事。"

他叹了口气，又像是在嘟囔。

"你还处在那个阶段吗？"他问。

"什么意思？"

"我二十年前经历过那个阶段。"他说，沉默了一会儿，又继续说道：

"但是我明白了,真实的生活是另一回事。"

"这是什么意思?"她问,

他皱了皱眉,说:

"我的崇高原则总与现实生活相悖。他们说我是个异类。"

"他们是谁?"她问道。

"我在大学里的同仁。"

"你上过大学吗?"

"我曾经是一个有原则的老师。"

"然后发生了什么?"她问。

他大笑一声,说道:

"然后我就被同化了。"

他转向她,牢牢盯着她看了一会儿,然后说道:

"没有别的办法。"

"你在大学的时候写过论文吗?"她问。

"我写过七十三篇。"

"七十三篇?"她惊呼道,"怎么做到的?这不可能!"

他咬着嘴唇,答道:

"很简单。我只要把名字写上去就好了。"

"那真正的研究者是？"她惊愕地问道。

"他是个年轻人，现在还在做研究。"他说。

"可是，"她喊道，"难道你连一次深入的研究都没有做过吗？"

"不可能的，"他直截了当地说道，"任何真正的研究都要终其一生，这会毁了现实生活中的机会。"

她沉默了一会儿，沉着脸，心里想着："就跟我第一次见他时想的一样！一双贼的眼睛！他窃取了七十三份研究。"

"然后呢？"她说。

"然后我成了一名伟大的教授。"他笑道。

"然后呢？"

"人的志向是永无止境的，"他微笑着说，"然后我就进入了政界。"

"你对政治了解多少？"她问。

"一切。只要学会跟这个人或那个人交朋友，用有涵养的口吻重复口号，就行了。"

她厌恶地看着他肥胖的脖子，说：

"那你现在尊重自己吗?"

"一个人要怎样才会尊重自己,芙阿达?"他语气中并无波澜,"自尊不会凭空而来,它来自别人的尊重。现在我是筑建最高董事会的主席、参政会的主席。报纸上有关于我的报道。我在收音机和电视上讲话,给人们提建议。整个世界都尊重我,我怎么可能不尊重自己。"

他在路边停下车,看着她,说道:

"相信我,芙阿达,我尊重自己,更重要的是,我相信自己在人前重复的谎言。我经常言之凿凿地大声重复这些谎言,慢慢地自己都信了。人是什么,芙阿达?如果人不是感觉的集合,那人是什么?如果感觉不是累积的生活经历,那感觉是什么?我应该忽略这些经历,生活在原则与理论中吗?这些原则与理论在现实世界里行不通。我应该活成,比如,活成哈桑南·埃芬迪那样吗?"

他沉默了片刻,仿佛在回忆从前的事,然后继续说道:

"哈桑南·埃芬迪是我大学里的一个同事。他觉得自己有了一个新想法,便着手进行科学研究。他用微薄的薪资买试管，到处搜集设备，然后发生了什么？"

"发生了什么？"她关切地问道。

他咂咂嘴，说：

"他的同事先他一步，靠肤浅的研究获得了晋升。他拒绝将自己的成果卖给资深教授，他们因此大为光火，用莫须有的罪名将他解雇了。"

"不会吧！"她摇着头惊呼道。

"几个月前我在街头偶遇他，"他静静地说，"他盯着前方，看上去很迷茫。他没认出我来，微笑着露出黄牙，大拇指从鞋的破洞里钻了出来。这非常令人痛心。有谁会尊重哈桑南·埃芬迪吗？"

"我尊重他。"她喊道。

"你是谁？"他柔声说。

"我？我？"她气呼呼地说。

她感到自己的声音渐渐变小，说不上话来。她打开车门，走到沙漠里。萨迪下了车，跟在她后面。她听到他说：

"真相是苦涩的，芙阿达，但你必须明白。我可以骗你，这再容易不过了。我习惯了谎言，也练习过说谎，可是我爱你,芙阿达,我不想让你困惑沮丧。"

他用自己柔软肥胖的手牵起她纤细的手,低低地说道:

"我爱你!"

她抽回自己的手,愤怒地吼道:

"让我一个人待着!我一个字也不想听。"

他丢下她,走进车里。她独自走在沙漠里,耳鸣又开始了。是的,就让这种嗡嗡声持续下去吧。寂静固然好,但是就让这种持续不断、毫无意义的噪音填满她的脑袋吧,因为这声音比那些话好。你,法里德,你就继续消失吧。你要是在这儿,你会怎么做?你会怎么做?沧海一粟会做什么?沧海一粟能做什么?

她对着空气张开手臂,拥抱虚无。是的,虚无更好,什么都没有更好。可是,怎样才能成为虚无?她的脚走在沙子上,她的呼吸在肺里进进出出,心脏的跳动依然会在耳中响起。

身体要怎样才会消失?她跺着脚。为什么我没法消失?她屏住呼吸,想阻止空气进出身体;她按住胸口,想让心脏停止跳动。

她觉得空气不再钻进身体了，胸口不再起伏了，她也听不到心跳的声音了。她笑了。她消失了。然而，有什么沉重的东西压在她的胸口，有什么苦涩的东西烧着她的喉咙。一种奇怪恶心的气味钻进她的鼻子，一只柔软肥胖的手抓着她的手。她想抽走自己的手，却找不到它。它消失了。

\* \* \*

她睁开眼睛，看到了衣柜、衣帽架、窗户和有个豁口的天花板，她困惑地环顾四周。所以，她没有消失？这就是她的房间，枕头上压着的是她沉重的脑袋，被子下摊开的是她结实的身体。蹒跚的脚步声靠近她的房间，遍布皱纹的棕色脸庞在房门外张望。她看到那双大眼睛在看着自己，听到那个虚弱的声音说：

"出什么事了，女儿？出什么事了，芙阿达？"她摇着头，嘶哑地说道：

"没事，妈妈，我要是死了多好。"

"为什么这么说，芙阿达？死亡属于我这样的老人。

你以前很讨厌它，甚至不愿提起。"

"法里德。"她喃喃道。

"什么？"母亲惊叫一声，"法里德死了吗？"

"不，不！他只是离开了，他会回来的。"她颤抖着说道。

她把脸埋在被子里，咽下口中奇怪的苦味。这味道从何而来？她记起来了。她站在沙漠里，盯着天空，发觉萨迪站在身后。他把手放在她的腰间，他的眼睛越凑越近，越来越大，也越来越鼓。她感到他冰冷的嘴唇压在自己的唇上，他的大牙抵着自己的牙。她的鼻子里钻进一种奇怪的金属味，就像锈铁的味道，她的口中灌满苦涩的唾液。

是的，她看到了，也感觉到了，但不清晰，没法确定。一切都像噩梦一样缓慢，远远地移动着。她想打他，胳膊却举不起来。

她在被子下摸索，发觉自己的手臂还在。它还在那里。她用它从枕下抽出一块手帕捂住嘴，灼热的苦味黏着在口中，她想吐。她掀开被子，走到卫生间，可呕吐的劲儿过去了。她拿起牙刷和牙膏，狠狠地刷牙，但苦味仍然灼烧着喉咙,并且往下蔓延。

母亲把纤细的手搁在她的肩上:

"法里德怎么了?"

她抬起眼睛。母亲的眼神很奇怪,她颤抖着。

"我不知道。我不知道。让我一个人静静,妈妈。"

她回到房间,抱着头坐在床沿。电话响了,她跳起来。一定是他。他刻薄嘶哑的嗓音会从对面传来。他一定会来的。为什么地球没有失去平衡,把电话摔个粉碎?他的声音一定会从听筒里传来,就像风从门缝里钻进来。他一定会来的。他的苦味会灼烧她的喉咙,他恶心的体味会钻进她的鼻孔。为什么不穿上衣服逃跑呢?

她拖着自己沉重的身体穿戴完毕。母亲沉默地看着她,带着奇怪的眼神。她跌跌撞撞地跑向门口,回头看了一眼母亲……她可以跟母亲待在一起——她想跟她待在一起,但她打开门,走了出去。

她拖着身体,漫无目的地走在街上。她的大脑很安静,但不是冷静或自然的平静,而是麻痹,仿佛脑细胞被麻醉了。

她信步闲走,脑袋没有给出明确的方向。为什么永远是脑袋？为什么大脑不长在腿上？脑袋什么都没做，只是被肩膀托着，它发号施令，双腿就会工作，承载脑袋、肩膀和整个身体，腿却从未主宰过什么。就跟生活中一样，辛勤劳作的人没有统治权，领头的人却被众人托起，他们窃取果实，施行统治。

又是法里德的话。他的语气和手势仍留在她的脑中。为什么？他为什么消失了？为什么他的话、他的动作要不断爬上她的心头？

她走在花园旁边，茉莉花的香气飘来。法里德的呼吸和它的味道与温度一起扑面而来，他在她颈上的吻也回来了。她举起苍白的手，去触碰他的脸，可它在空气中颤抖了一下，便从她身边消失了。

尼罗河还是老样子，慵懒、永恒、无尽。它那又长又皱的身体蜿蜒而怠惰，就像上了年纪的自由女子，无拘无束，心满意足，无忧无虑。芙阿达环顾四周。一切都无拘无束，心满意足，无忧无虑。她自己呢？难道她就不能这样无忧无虑——了无牵挂？难道她不能跟办公室里干瘪的脑袋一样吗？难道她不能像那些聪明的成功人一样，把自己的名字放在从未做过的研究上吗？

她打量着天地间的一切。最初她想要什么？什么也没想，没想成功，没想出名。她只是觉得，只是觉得自己内心深处有种别人没有的东西。她不希望自己的生死对这个世界无足轻重。她感到自己脑中有种东西，有种独特的构想，可要怎么实现它呢？那个想法醒着、活着、挣扎着，可它就是不出现，仿佛被一堵厚墙囚禁了，比她的头骨更厚的墙。

她心中只有各种感觉，如果不从感觉着手，新事物要怎么诞生呢？那些改变了科学与历史的发现者是从何处着手的？难道不都是从感觉开始的吗？那么，感觉是什么？一个模糊的想法，一种脑细胞的神秘运动。是的。所有的开端不都是脑细胞的神秘运动吗？那为什么要嘲笑自己的感觉呢？为什么要否认感觉？她第一次见到萨迪，不就觉得他是个贼吗？是她对高楼和长轿车的感觉背叛了她吗？是最高董事会、参政会和报纸上的报道改变了她最初的感觉吗？撇开这一切，她不是仍然觉得他是个贼吗？难道她的脑细胞没有从他狡诈的鼓眼睛里识破那个无形的谎言吗？那为什么要忽视自己的感觉呢？

她一动不动地站了片刻，自问是否曾经怀疑过自己的感觉。怀疑是从什么时候开始的？什么时候？她环顾四周，小餐馆的门映入眼帘，她记起来了。就是那天晚上，那个月黑风高的晚上，她走进餐馆，看到那张空荡荡的桌子，风从四面八方扑打着它，就像击打着一截树桩。

她的双脚犹疑地走向餐馆。她应该进去吗？她会看到什么？也许，也许她会找到他，也许他已经回来了。她的脚慢慢地、一步一步地朝门口走去。她停下了，深深吸了一口气，然后走进了树木掩映下的长廊，她的膝盖在抖，心在打鼓。她会走到通道尽头，看向桌子，却找不到他。最好还是立刻离开。是的，最好离开……然而她又暗暗希望，希望他坐在桌边，脊背微微前倾。浓密的黑发、总是发红的耳朵，还有他那双闪闪放光的棕色眼睛，奇怪的光晕在他眼中闪动，那个她见不着却能感觉到的光晕，那个让他之所以是他的光晕。他的个性、他不寻常的话、他的思想和味道，令他是法里德，而不是无数人之一。

她想转身离开，可是她的脚带着她继续前行，一直走到通道尽头，最后向左转。她低着头站了一会儿，不敢抬起眼睛。然后她抬起头,目光遇到了一面砖墙。桌子,一切,都没了。她只看到一堵露天的矮墙,就像是为死者建造的墓碑。

身后有个柔和的声音在问:

"你要买鱼吗?"

她转过身,看到一个抱着孩子的妇人。那不像一个孩子,更像是一个小小的骷髅,他用没长牙的嘴巴吮吸着女人像皮革般挂在胸前的干瘪乳房。女人眯着充血的眼睛,一边看她,一边用微弱的声音重复道:

"你要买鱼吗?"

芙阿达咽下口中的苦味,出神地说:

"这里之前有家餐馆。"

"是的,"女人答道,"但是店主丢了钱,就离开了。"

"谁把钱拿走了?"

"市政局。"女人说。

"谁建了这堵墙?"

"市政局。"女人答道。

她凝视着宽阔的空地,问道:

"他们建这堵墙做什么?"

女人拽了拽干瘪的乳房,把它塞进孩子口中,答道:

"我丈夫说,市政局建这堵墙是为了刻上自己的名字。"

女人又说:

"你要买鱼吗?"

她淡淡一笑,说:

"今天不了。也许下次我会来买。"

她从小门离开,沿着街道散步。没有希望了,什么也没有了,只剩一面砖墙,一堵矮矮的砖墙,只适合写上死者的名字。

是的,只有一堵墙。什么都没有了吗?什么都没有了。一切都消失了,就像梦消失时那样。梦境和现实有什么分别?如果他写下一张字条,她就会知道了。靠一张字条,她就能分清梦境与现实。单靠自己的脑袋、手臂、腿,她做不到。

她生气地摇摇头,它重得像石头,仿佛也成了一堵墙。有没有什么不像这堵空墙?它只会发出回声,重复听到和读到的句子。它能发出自己的声音吗?它曾说过任何新颖的……从未有人说过的话吗?当一切静默时,它不是一直发出持续不断的嗡嗡声吗?

脑中的嗡嗡声又开始了。她抱着头,坐在一堵石墙上。她低着头坐了一会儿,然后抬起疲倦的双眼,看向天空。一切都是梦吗?她的感觉只是幻觉吗?如果她的感觉说了谎,那什么才是真实的?她能相信什么?写在墙上的名字?签在论文上的名字?印在报纸上的名字?

天空……是世界上最高的墙吗?跟其他墙一样静默无声。她向天空举起双手,大声喊道:

"你是一堵墙吗?你为什么不说话?"

路上的一个男人盯着她,走了过来,一边用细细的黑眼睛打量她,一边似笑非笑地说:

"我只出一个里亚尔。你的腿太细了。"

她惊恐地看着他,然后拖着沉重的身体从墙上跳下来,行尸走肉般地让双腿带自己回家。

\* \* \*

门开着,客厅里挤满了人。一张张她认识或不认识的面孔好奇地看着她。她听到一声大叫,看到一张跟母亲相仿却没有皱纹的脸。这是她的姨妈舒雅德，她肥胖的身子裹在一条黑色紧身裙里。"芙阿达！"她喊道。

舒雅德用短胖的胳膊搂住芙阿达。许多女人围住她，异口同声地尖叫起来，她们的黑衣服散发着一股味道。她快窒息了，一边推开这些肥胖的身体，一边大吼：

"离我远点！"

女人们困惑地退远了。她迈着沉重的步子，缓缓走进母亲的房间。母亲躺在床上，头和身体都被盖住了。她胆怯地走过去，小心翼翼地伸手掀开被子。母亲裹在白头巾里的脑袋出现了，她的脸上布满皱纹，眼睛闭着，嘴巴抿得紧紧的，耳朵上戴着小小的金耳环。她像往常一样睡着了，只是没了呼吸。芙阿达端详着她的脸。她的五官一点点起了变化，随着血液的流失，五官仿佛贴着骨头，坍塌在脸上。

她浑身一颤。母亲的面孔变得跟石雕一样，冰冷得可怕。她颤抖着放下被子，盖好母亲的面孔。尖叫声传进她的耳朵，持续不断，震耳欲聋。她头晕目眩，跌跌撞撞地走回自己的房间，然而那里也满是她不认识的面孔。

她走到客厅。陌生的目光环绕着她。脑袋中回荡着尖叫声。她不知不觉地朝门口走去,在门后站了一会儿,便冲下楼梯,跑到街上。

她不知道自己要跑去哪里,只是盯着前面,一味跑着,仿佛被鬼魂追赶。她想逃走,逃到某个遥远的地方,没人能看到她的地方。但他没让她跑掉。他看到她沿街奔跑,便停下蓝色的车,追了上去。他抓住她的胳膊,问道:

"芙阿达,你要跑去哪里?"

她气喘吁吁地停下,看到他那双在镜片下闪烁的鼓眼睛。她困惑地说:

"我不知道。"

"我一个小时前打给你,"他说,"听说了那个消息。"

他低下头说:

"我来致以哀悼。"

她转着圈,尖叫声依然在耳中回荡,陌生的眼睛围绕着她,盯着她不放。她把脸埋在手里,哭了起来。萨迪把她扶上车,他们在大街小巷穿行。太阳的余晖渐渐消失在地平线上。饱含泪水的乌云在天空中弥漫开来。

汽车驶进旷野,沙漠在车前灯的照耀下熠熠生辉。她想起早上离家之前,母亲那张等自己回家的脸。母亲的眼神有点古怪,像在求她留下来,但她当时没能像现在这样看清那个眼神。还是说,她看到了,却有意无意地假装没看到?她经常假装没有看到母亲无言的表情,经常假装没有看见它们。她想赶紧出门。为什么她那么着急?为什么她要出门?她要去哪里?为什么她没在最后这天跟母亲待在一起?母亲孤身一人,完全一个人。母亲有没有喊她,可她不在那里?母亲有没有想喝水,却没人给她倒水?为什么母亲要在这天离开她?这天还能重来一次吗?

泪水流进她的鼻子和喉咙,她张开嘴呼吸,上气不接下气地抽泣。车停了。坐在旁边的萨迪静静地看着她苍白的长脸,目不转睛地盯着她悲痛欲绝的绿眼睛。他伸出自己肥胖的手,握住她不停颤抖的纤细的手。

"别伤心,芙阿达。生活就是这样。生活中不会没有死亡。"

他沉默了一会儿,说道:

"伤心有什么用呢?这只会让你生病。我从来不伤心，就算遇上伤心的时候，也会想想开心的事、听听舒缓的音乐。"

他伸手打开收音机。里面传来一支舞曲。泪水在她的喉咙里凝结成一个肿块，她哽咽着打开车门，走到沙漠里。一阵凉风令她肌肉紧绷，可身体依然沉重。她移动双腿，想摆脱那沉重的负担，但它依然压在她身上。她张开口，想要尖叫，想把喉咙里的肿块吐出来，口中的肌肉舒展又绷紧，可什么都吐不出来。肿块滑进她的脖子，颈上的肌肉舒展又绷紧，它却向她的胸腔和胃部移去，这些部位的肌肉同样开始舒展又绷紧。然而它就像多头蛇的身躯，爬遍她的身体，直到她全身的肌肉迅速伸缩，像抽搐一般不断痉挛。她多么想把那个令人窒息、不停蠕动的东西甩出身体。

收音机里的曲子响彻寂静的沙漠。她充耳不闻，但它填满了空气，随着呼吸进入她的身体。她喘着气，想停下来不动，可是肌肉无视她的意志，身体开始随着曲子摇摆，释放着郁结的能量，不知不觉地沉浸在舞蹈的愉悦中。

是的，她不受意识的控制，陶醉在疯狂舞动的快乐中。然而她脑中的一个小点,也许只是一个脑细胞,依然清醒。它知道,她身处沙漠,萨迪站在她身边,她极为悲伤,母亲死了,法里德不在,研究的思路消失了,她在化学部的生活毫无意义。

她拼命摇头,想把那个清醒的脑细胞分离出来,可它不肯离开。它牢牢黏着在脑中,像一块锋利的石子,撕扯她死气沉沉的脑细胞。

音乐突然停下了。也许一曲终了,也许萨迪关掉了收音机。她的身体扭曲地躺在沙子上,气喘吁吁,浑身大汗。上一次大汗淋漓是什么时候?上一次这样无拘无束地狂舞是什么时候?听塞奥佐拉基斯[1]的时候?卡赞扎基斯[2]上一次说"只有疯狂才会让人毁灭"是什么时候?法里德曾极力反对疯狂。他曾说,个人的疯狂意味着监禁或死亡,而数百万人的疯狂意味着……数百万人的疯

---

1 米基斯·塞奥佐拉基斯(Mikis Theodorakis),希腊作曲家。——编者注
2 尼科斯·卡赞扎基斯(Nikos Kazantzakis),希腊政治家、作家、诗人。——编者注

狂意味着这么，法里德？知识与饥饿，他曾说。饥饿存在，可是知识匮乏。为什么他们没有知识，法里德？他们怎么会有，芙阿达？周围的一切不是在沉默便是在撒谎。

她睁开眼睛。她躺在沙子上，身边是一个庞然大物，鼓起的眼睛里泛起虚伪而狡诈的神色。她听到一个嘶哑的声音在说：

"我见过的最精彩的舞蹈，当今世上最美的舞者！"

他用胳膊搂住她，她的鼻子里满是锈铁的味道，嘴巴里全是苦涩的唾液。她看到他圆球似的眼睛变得越来越大、越来越鼓，眼里有种可怕的神色。她吓坏了，挣扎着转身，只看到沙漠与黑暗。她想呼吸，却透不过气来，她用尽全力推开他，跳起来逃跑。他在后面追赶。

在她面前蔓延的是一片漆黑，在她身后追赶的是眼如圆球的黑影。眼前平坦的沙漠似乎正在上升、旋转，变成了一双鼓鼓的大眼，她跑进了两只眼睛之间狭长的沟壑。低垂的夜空也变成了一双鼓鼓的大眼，它俯瞰着她，压迫着她。她被一个又圆又硬的东西绊了一跤，倒在地上，失去了意识。

她虽失去了意识，五感却钻进了那个唯一清醒的细胞。她依然可以看到，听到，摸到，尝到和嗅到。她感到一只肥胖的手按在自己胸口，嗅到一股铁锈味，尝到了苦涩的唾液。

厚厚的手掌粗糙颤抖。颤动并未在同一个地方逗留，而是慢慢下移，爬上了她的腹部和大腿。她看到他皱巴巴的肥脖子，像一截老树桩，上面有黑色的芽点，它们本可以存活与茁壮，却死亡而腐烂了。他没扣的丝绸衬衣里露出肥厚无毛的胸膛，松开的皮带悬在凸起的肚子上，下面是一双无毛的细腿。随着痉挛似的呼吸，他的肚子上下起伏，他体内发出奇怪而沉闷的声响，就像病兽的呻吟。

一种奇怪而沉重的寒冷笼罩着她的身体，这种寒冷她曾经历过一次。当时她躺在一张皮床单上，周围摆满金属器械——解剖刀、注射器和剪刀。医生拿起一支长长的注射器，将针尖扎进她的手臂。同样沉重的寒意传遍她的全身，身体仿佛被扔进了冰水里，变得越来越沉，慢慢溺亡。

只是现在她的身下不是水，而是某种柔软的东西……像是沙子。冷风吹进她蓬乱的裙子，灼热苦涩的唾液堆积在喉咙里，陈腐的铁锈味入侵了鼻腔。她身旁躺着一个气喘吁吁、不停颤抖的庞然大物，它的细腿软弱无力，抖个不停。她想吐出唾液，却没有力气。她的眼皮逐渐沉重，直至闭合。

\* \* \*

她睁开眼睛，日光从百叶窗的缝隙倾泻下来。她困惑地环顾四周。房间里一切如常，衣柜、衣帽架、窗户、天花板和那个豁口。她听到客厅里响起了拖沓的脚步声，离自己的房间越来越近。她看着门口，期望看到母亲的脸，然而过了好久，什么也没有发生。她突然记起了一切，赤脚跳下床。她颤抖着走到客厅，担心地走到母亲的房间门口。一切都是梦一场吗？还是说，母亲真的死了？她把头靠在门上，看到那张空床，惊恐地退了几步。她走进厨房、餐厅、浴室，可哪里都没有母亲的身影。她头晕目眩地靠在墙上。一个硬物在她脑中旋转，敲击着头骨。苦味灼痛了她的喉咙。她扶着墙，蹒跚着走到水池边，吐着酸水，苦味挤压着胃壁，她开始呕吐。她的嘴巴、鼻子、衣服上都散发着恶心的铁锈味。她脱下衣服，站在花洒下，用丝瓜络和肥皂擦洗身体，可那味道黏着在她的身上。它已经钻进了她的毛孔、细胞和血液。

她又扶着墙壁，回了房间。她心烦意乱地环顾四周，目光落在衣柜旁那张照片里的母亲脸上。母亲似乎在用那双泛黄的大眼睛看着她，柔弱地恳求她留下来。她用手捂住脸。母亲会永远露出责备的表情吗？难道她没有为自己的罪孽付出代价吗？她身上不是充满了滚烫的苦涩吗？她的身体不是浸透了浓郁的铁锈味吗？难道还有比这更深沉的悲痛吗？什么是悲痛？人们如何表达悲痛？一声响亮的尖叫，好清清嗓子、摆脱压抑的感觉？一身崭新的黑衣，好让身体振作起来？一场宴会和一桌肉食，好激发食欲和填饱肚子？有没有哪位逝去的母亲享有过比这更深沉的悲痛？有没有哪位母亲的女儿吞下毒药随她而去？有没有哪位母亲的死亡比这次死亡更重大？有没有更诚挚的孝心？

她躺上床，感觉自己平静了一些，便摊开胳膊和腿，然而沉重依然压在心头，苦味还在灼烧。什么时候，什么时候这种沉重才能减轻，这种负担才会消散？

电话响了。是他。不会有别人。只剩下他了。别的什么都不剩了。她只能日复一日地吞下毒药。她的内部会被灼人的苦味侵蚀，她的身体会被陈腐冰冷的浓郁铁锈味浸透。只剩下缓慢的死亡了。

她伸出纤细的手，拿起听筒。嘶哑油腻的声音传来：

"早上好，芙阿达。你好吗？"

"还活着。"她淡淡地说道。

"你今晚做什么？"他问道。

"我不知道，"她说，"我什么也没有了。"

"那我呢？我还在啊。"他说。

"是的，"她说，"只有你还在。"

"我八点半到实验室接你。"他说。

\* \* \*

她出门时，看到有什么白色的东西在玻璃板后闪闪发光。她折回来，看向信箱。里面有一封信。她的身体开始颤抖。她打开信箱，用颤抖的修长手指拿起那封信。

她瞥了一眼那些熟悉的花体大字,心脏痛苦地抽搐起来。是法里德的笔迹……是梦是真?她看到了楼梯、门、信箱。她伸出颤抖的手去抚摸它。是的,它在那里,她能摸到它。她摩挲着那封信。这是一张真实的纸,有厚度,有密度。她用手指触摸自己的眼皮。眼睛睁着。

她把信翻过来,检查它的边边角角。上面只有她的姓名和地址。她把它凑到鼻子下面,闻到了纸张和邮票特有的气味。她打开信封,抽出一张长长的纸,上面写满了字:

芙阿达:

距我们上次见面,距那个刮起冬天第一阵风的短暂夜晚,多少天过去了。你坐在我面前,背对着尼罗河。你的眼中闪耀着奇怪的光芒,它在说:"我有新消息。"你用修长的手指敲击着桌面,平静的表面下隐藏着火山。你沉默着,我知道你很痛苦。沉默良久,你终于说:"你觉得呢,法里德?我应该离开化学部吗?"我懂你。在那一刻,你希望我说:"应该,离开吧,跟我走。"可你记得，我什么也没说。我一直觉得，你的职责和我的不一样。你的职责是，在有机会的时候创造出新的东西，而我的职责是为人们创造机会，好让他们能创造出新的东西。什么才是新的？改变旧的？改变能带来什么？是思想吗？你记得那个在餐厅的桌子间打转的小孩吗？你记得他皱巴巴的手吗？他会伸出手，讨一块面包或一皮阿斯特。人们可怜他，会不假思索地给他一皮阿斯特。如果人们能想想一皮阿斯特可以做什么就好了！如果人们能想想他为什么饿肚子就好了！是的，芙阿达，是思想，是脑中冒出的想法。想法若是没法表达，要如何从脑中浮现？

你的职责是创造想法，而我的职责是创造表达。孤身一人的话，我什么也做不了。我的职责并不像说起来这么简单和令人信服。这是一种疯狂。被堵住的、失声的嘴要怎么表达自己？声音要怎么穿透密实的石墙？这是一种疯狂。然而，个体的疯狂无法创造任何东西，只有集体的疯狂……你还记得那场谈话吗？

是的，我并非孤身一人。很多人与我同行。我们履行着简单却危险的职责，用与生俱来的简单词汇进行思考和表达，交谈与书写，而不是加农炮、来复枪或炸弹。只用词汇。

那个短暂的夜晚，我们道别后，我独自走在尼罗河大街上，心里想着你，我感到你很痛苦，你内心深处有一个新的想法，它挣扎着，想钻出来，它独自与一堵高墙做斗争……在部里，在家里，在街上，在你的脑袋里。是的，芙阿达，你的脑中有另一堵墙，它并非生而有之，而是在日复一日的沉默中慢慢耸立起来。那天晚上我一边走，一边想着："这只是一堵矮墙，等其他的墙坍塌了，它最终也会坍塌的。"

我没能回家。一个男人挡住了我的去路。我想他不是孤身一人，有其他人跟他一起，也许是很多人，都带着武器。我什么也没有。你记得，我穿着棕色 T 恤和裤子。他们搜查我的口袋，什么也没找到。话语会放在口袋里吗？

他们抓住我,给我戴上了镣铐。然而话语随风而去,他们能抓住风,给风戴上镣铐吗?

高墙围绕着我,但你跟我在一起。我感到你柔软的小手抚摸着我的脸,你绿色的眼睛盯着我的眼睛,眼里浮现出那个渴望冲破囚禁的新消息。别伤心,芙阿达,也不要哭泣。话语越过高墙,飘在风中,生机蓬勃,随空气驻扎在人们心间。那天终将到来:高墙坍塌,人们可以再次自由地说话。

法里德